"我的个天"

戴建业 著

上海文艺出版社

果麦文化 出品

散文 "饕餮" ——自序

　　这是我一年多来散文新作的选集，尚有不少文章这次未能收入，有些是我不愿收入，有些是不便收入。

　　书中的题材主要集中于如下几个方面：或侃教育，或聊人生，或谈读书，或讲诗词。其中除《阅读习惯与人生未来》《同学，有话好好说——高考满分作文〈生活在树上〉漫谈》两文发表于《光明日报》外，其他文章都是首次结集出版。《同学，有话好好说》这一长文，由于谈及高考作文这一话题，引起社会的广泛讨论，转发于《光明日报》微信公众号后，一两个小时内就达到"10w+"。《"世变真难料，吾痴只自嘲"——陶渊明与杜甫的自嘲》，曾在北京中华世纪坛剧场演讲，《知识接受的"偏食"与知识生产的"趋时"——知识付费时代的焦虑》，曾在百度"文化大咖"会上演讲，《"我是戴建业"》一文，是前不久我在B站上的直播"首秀"。每场演讲的反响都很好，北京中华世纪坛那场演讲，在众多演讲者中，观众对我的评分最高。

　　每次直播或演讲之前，我通常都要先写好讲稿，而且每篇讲

I

稿都写成字斟句酌的散文，好在上台演讲时"胸有成竹"，而一旦上台后又甩开讲稿，面对观众自由自在地"侃侃而谈"，台上的自由发挥常意外地迸出灵感，讲完后回头再根据演讲效果修改文章。重要的演讲或直播，完全不写讲稿我演讲时会慌，完全依赖讲稿那场演讲又会"死"。

由于经常网上直播和台上演讲，我逐渐养成了一种写作习惯——不管写哪类文章，不管为什么目的写作，动笔之前总会把自己要阐述的观点，在心中默默地口述几次，等到正式为文时便会"文思泉涌"，很容易把文章写得活泼俏皮而又富于节奏。人们常说"教学相长"，近年来我是"讲写相长"。

我喜欢读散文，也喜欢写散文，还尝试译散文。称自己是散文"美食家"未免狂妄，说我是一位散文"饕餮"倒可欣然认领。从骈文到古文，从先秦散文到现代散文，从中国散文到外国散文，只要是好文章我都来者不拒。对好文就像对美食一样，我向来都不挑肥拣瘦，自己喜欢的文章百读不厌，常读常新。《庄子》《孟子》《韩非子》《左传》《战国策》《史记》《汉书》《文心雕龙》《史通》《文史通义》等书，还有尼采、罗素、叔本华等人的著作，有时将它们作为历史或理论来学习，有时纯粹将它们作为文章来欣赏。

当然，最让我心醉的，当数春秋战国、魏晋、晚明的古代散文及以周氏兄弟为代表的现代散文。这几个历史时期，都因王纲解纽而文网松弛，作家无须扭曲自己的个性，不必隐藏自己的思想，更不会压抑自己的感情，相反，在文章中思想越新颖，在社会上个性越张扬，在生活中嗜好越怪僻，他们越能赢得热烈的掌声。譬如庄子，现实中他敢于放肆地戏弄王侯，精神上能够任性地"逍遥游"，文章中可以快意地抒写倾吐。又如魏晋，《世说新语》中阮籍翻白眼的傲慢，刘伶《酒德颂》中"唯酒是务"的荒唐，嵇康《释私论》中"越名教而任自然"的深刻，他《与山巨源绝交书》中"非汤武而薄周孔"的激烈，一千多年后的今天仍叫人神旺，叫人向往。

刘勰在《文心雕龙·才略》中称"嵇康师心以遣论，阮籍使气以命诗"。且不说思想见识的深度，单是"师心使气"的气度，就远为后世作家所不及，也远为后世作家所不敢。敢于"使气"，能够"师心"，便是产生"魏晋文章"的深层动因，也是写好散文的必要条件。后世作家大多恭守"妾妇之道"，正如韩愈所说的那样，"足将进而趑趄，口将言而嗫嚅"，他们没有思想，没有个性，没有真情，只会阿谀奉承，只会见风使舵，只会胁肩谄笑。没有思想、个性和真情，这时候哪还有什么散文，满地全是诔词闹曲和纸剪假花。

当代散文的艺苑里，涌现出许多有才的作家，也冒出一些有名的"作"家。后一种"散文家"的散文，只因为会"作"让不少人叫好，也正因为会"作"使不少人反胃。"作"是散文的"绝症"，人"作"犹可活，文"作"必定死。

和去年那本散文集《你听懂了没有》一样，书名《我的个天》也是我讲课的口头禅。也和前本书名一样，这本书名同样是编辑取的。这两本散文集，我原来都给它们取了书名，可编辑都不太满意，或嫌它过于文雅，或嫌它过于冷僻，于是他们另取了现在的书名。书名和人名一样，叫起来顺口响亮就得了，好书和好人的评价标准，完全是依据各自的内涵，没有谁会傻到那种程度，一听说她名叫"西施"，立马就以为她是国色天香。

在图书行情如此低迷的情况下，《你听懂了没有》一年多来销售了上十万册，成了图书市场上的爆款，北京出版界一位朋友对我调侃道："我的个天！"几个月后给他奉上这本新书时，我一定要回敬他一句：这次才真是"我的个天"！

十年前受好友影响，我在门户网站上开了一个博客，这才知道许多读者喜欢我的文章。近六七年来我各种题材的散文，先后在内地和海外出版。如今，我每月必须向签约的网站"投稿"，另外还不断有杂志和出版社向我约稿，这使得我的散文写作"欲罢不能"。

唐代韩愈强调"文以载道"，近世又有人主张"文以启智"。这些倡导者都有点自命不凡，不是把自己当成"闻道"的圣人，就是把自己视为智慧的化身。想想看，让散文肩负如此宏大的使命，作者写起来肯定异常沉重，读者读起来必然也不轻松。人们活得已经够累了，要是写散文成了一项艰巨的任务，读散文成了一种额外的负担，那谁还去写它和读它呢？

我写散文的原因十分简单——只因我自己写得很开心，也希望朋友们读得很开心。

这就够了。

2021年元月定稿

目　录

"我是戴建业"

应许多网友要求，要我来详细地介绍一下自己。说真的，这对我来说非常棘手：谈论自己，就像当众自画像一样，无论把自己画帅画丑，都很难让观众朋友点头。谁都想展示自己的"亮点"，谈论自己很难客观，当着大家的面，自抑自贬既不忍，自吹自擂又难为情。

再说，自己到底长个啥"模样"，旁人比自己看得更清楚。老子说"知人者智，自知者明"，苏格拉底也说"认识你自己"，尼采更绝望地说，"我们这些认知者却不曾认知我们自己"，可见，认识自我是人生最高的智慧，也是人生最大的难题。

问题还不是很难谈论自己，更主要的是我自己不值一谈。吃了一辈子粉笔灰的教书匠，我的人生比白开水还淡而寡味，不应当占用网络的宝贵资源。

尽管我再三推脱，网友们还是坚持。无奈我只好先用散文的形式来"自我介绍"。

正如生活中我从不染发，上电视或网络从不化妆一样，我也希望向朋友们敞开自己灵魂的"原装"。今天和大家聊聊我的家庭出身，我的成长环境，我职业选择的荒诞可笑，我人生挫折的困惑苦恼，还有我的兴趣与追求，我的失败与教训，我的爱与恨，我的泪与笑……

自我介绍的过程中，记忆可能失真，陈述也许有误，或许无意美化，更可能有意隐瞒。幸好我的同学和老师大多健在，但愿他们站出来帮我修改这幅"戴建业自画像"："和我一起长大的戴建业是这样……"，"我的同学戴建业原本是那样……"，"我的同事戴建业如今是这模样……"

一、童年：一片灰暗

我出生于湖北麻城一个小山村，从家谱得知，我祖籍是安徽休宁，远祖到麻城经商，最后在麻城安家。就是说，我们家族属于较早的徽商，不知什么原因没有回休宁"光宗耀祖"，最大的可能是没有发迹或不太发迹，没有什么可"光"可"耀"的，谁知道呢。我祖父倒是一个成功的商人，我父亲在1949年前受到良好教育，加上他魁梧英俊又多才多艺，在当地算是小有名气，远近各村老乡都叫他"好角色"。人们叫他"好角色"，开始可能半是认真半是调侃，后来叫的人一多就成了父亲的外号，连我母亲也常喊他"好角色"。我母亲娘家也家境殷实，但母亲本人却一字不识，是一位缠过脚的农家妇女。

两三岁我便遇上了大饥荒，由于当时年龄太小，对饥荒没有任何记忆，父母叔伯们谈到饥荒时，我好像是在听别人家的灾难。没有记忆并不等于没有痕迹，至今我吃饭倍儿香，饭量也倍儿大，身材又倍儿瘦，估计就是当年饥饿给我留下的印记，反正我母亲是这样说的，当然信不信全由你。

不过，我童年真正的磨难，童年唯一的痛苦回忆，不是饥饿，而是读书。

这得从头说起。

听母亲讲，在生我之前她生了一儿一女，可悲的是他们不到一个月都夭折了。可能是母亲悲伤过度，也可能是身体摧残太大，她此后好多年都没能怀孕。一方面，父亲母亲都盼儿心切；另一方面，父亲大概是对母亲怀孕已经无望，为了减轻母亲的心理负担，他从自己的朋友那里领养了一个男孩。哪知领养不到一年，我母亲又无意中怀上了我。等我一到人世间报到，父亲的朋友便把家里那个领养的哥哥抱走了，从此我再没有见过这位哥哥。

我父亲在他的三兄弟中排行老二，因伯母不幸早逝，伯父家没有留下一儿半女，叔叔家只生了两个女儿。麻城老家过去比较重男轻女，我这个突然降临的"不速之客"，成了三家人的掌上明珠。怕我又像前面的哥姐一样夭折，父母给我取了一很"贱"的乳名——

花子，我们当地称"叫花子"为"花子"。

先是希望我能够活下来，后是希望我能为栋梁之材。

先父望子成龙的心情格外迫切，而他的性子又格外急躁，把这两样加在一起来对付我，就成了我童年的劫难。

我很小就开始认字写字，大家可以想象这些都是被迫，贪玩才是小孩的天性，认字写字都是棍棒下的行为。三国时期，嵇康就写过《难自然好学论》。除了孔夫子可能是个例外，有谁胆敢称自己"自然好学"？据《从百草园到三味书屋》推测，文豪鲁迅先生小时候照样非常厌学。

认字对我来说好像不是太难，因认字而挨打相对较少，但坐在椅子上长时间练字，对我而言活像在终生坐牢，一是反复练一个字非常无聊，二是小孩不可能高度专注地坐那么长的时间。父亲多次强调字是一个人的脸面，他又是一个特别要脸面的人，自然特别在乎我练字。不管学什么，父亲都强调"入门要正"，一提笔就规定我练欧体，他每天晚饭后检查一次，每次检查几乎就是一顿毒打。最初是晚饭前检查我的练字本，挨打后因我吃不进饭，母亲抗议几次才改为饭后检查。书法进步本来就很慢，在那种心情下，我练字不退步就算万幸，父亲又过分地急于求成，他一见我的字就发火，我一见他发火就哆嗦。父亲总说欧体是正楷正宗，《九成宫醴泉铭》到底说了啥，到底"正宗"在哪，我那时候全是一头雾水，以致一看到《九成宫醴泉铭》就反胃。

见我练不好欧体，父亲让我改练颜体。颜体和欧体其实对我没有任何区别，既然练欧体不成，练颜体也一样不成，我只盼出去自由自在地疯玩，一看见字帖就心烦。最后练成了八不像，既不像欧体也不像颜体，至今我的字仍不成体统。

父亲说字是人的脸面，我的字与我的脸正好般配。

最大的噩梦还是背乘法口诀表。

刚学会数数我就开始背这个鬼表，3+7是怎么回事尚且弄不明白，要明白3×7是什么意思就更难了。乘法口诀表本来就单调枯燥，要是不懂它是什么意思，背起来就更是要命。好多天背了后面忘了前面，记住了前面又忘了后面，越背就越烦，越烦就越难背。性急的父亲开始用毒打折磨我，后来他则是用沮丧来折磨自己。

为了背这个鬼口诀表，记不得挨了多少恶骂，记不得挨了多少毒打，也记不得是因为父亲绝望了，不再要求我继续背诵，还是我真的背熟了，闯过了人生的奈河桥。

小时家里养了一条狗，每当我从外面回家，狗儿总摇着尾巴又蹦又跳，我有时觉得自己要是狗子就好了，用不着读书写字，用不着背乘法口诀表。当时要是在练字与吃屎之间选择，我肯定立马选择吃屎。

父亲爱子不用怀疑，父亲积极向上不用怀疑，但父亲教子的效果却值得怀疑。小时候我与父亲的关系，不像父子而像仇敌。除了打与被打、骂与被骂外，我们之间似乎再没有别的联

5

系。他只在乎儿子的学习成绩，毫不在乎儿子的苦乐悲喜，我没感受到一丝丝父爱的暖意。

父亲逝世多年以后，我才理解并原谅父亲，因为我教育儿子的方式，毫不走样地继承了父亲的"光荣传统"。

快要年过半百了，我才真正意识到家教中存在的问题。今天我"声讨"自己的父亲，其实我是在谴责我自己。

我是在向过去的自己告别。

我和父亲既完全一样——我们一生都十分平凡；又和父亲大不一样——我能接受平凡，并能享受平凡，父亲拒绝平凡，更不能安于平凡，所以父亲从来都是愁眉苦脸，而我中年以后总是笑容灿烂。

从自己的痛苦经历，我极其反感"望子成龙"的价值取向，它把深情的父母变成无情的恶魔，它把孩子金色的童年变得一片灰暗。

二、青少年：孤僻与孤独

孤独是我青少年时期最深的伤疤。

很多心理学家说，孤独能让一个人更为成熟，我个人的感受则恰好相反，孤独易于让一个人更为孤僻，更为敏感，更为脆弱，更为自卑。

性格上的孤僻与精神上的孤独，是一对天然的难兄难弟。

不知孤僻是不是天生的，但我从小不太擅长和同伴交往，也不太喜欢和同伴玩耍。到底是"不喜欢"导致"不擅长"，还是因为"不擅长"才"不喜欢"，我自己从没有深想过。杜甫小时候不和同伴一起玩，他晚年还对此十分得意："脱略小时辈，结交皆老苍。"他说自己小时瞧不起伙伴，此处"小"字作动词用，就是小瞧或瞧不起。凡夫俗子哪敢有伟大诗人的这种自傲，更何况也没有名流"老苍"与我"结交"。

当然，盲目自负还是有的，正是自负让我陷入孤独。小学每当学期结束班里评标兵，为我提名和举手的同学极少，当时总觉得是同学们讨厌，成人后才明白是自己讨厌。

一直到六七岁，由于我是父母和叔伯三家唯一的男孩，很多人不断夸我"聪明"。可能是虚荣心作怪，父亲背后虽然经常打我，但在人前也是一个劲地夸我；又由于我学前比村里其他同伴受到更多的教育，我的文化成绩或许比他们好一点，这使我以为自己真的比别人"聪明"。我现在的口头禅是"你听懂了没有"，那是走上大学讲台后养成的，原因是自己的普通话"太有个性"，我怕同学们没有听懂，课堂上总爱问大家"听懂了没有"。小时候我的口头禅是"你真笨"，那是因为我说话的语速太快，同伴一时没有反应过来，我就骂他们"笨"。慢慢就没有人和我玩了，只有我的影子跟我一起，逐渐从"老子天下第一"，变成了我一个人"独一"。我不想和别人讲话，别人也不愿和我讲话。偶尔得到老师的表扬，班里也很少人为我喝彩，期末评优更是少有人给我投票。

其实我有时也想和小伙伴们一起玩，遗憾的是，常常是以期待开始以打架收场，我总是笑着出门哭着进门。

一直到小学毕业前，我也老是与同伴打架。自己身边的人都以为我好斗，他们都没有真正"读懂"我，没有人会探究小孩喜欢打架的深层动因。就其生理和心理来说，我既没有打架的实力，也没有打架的勇气。我不仅不喜欢打架，而且还有点害怕打架。

我"喜欢"打架的原因，一是因为孤独造成的过分敏感，可能是别人一句无心的玩笑，我却误以为是有意的侮辱，越是敏感的人越容易被激怒，打架是激怒后情绪失控的表现；二是孤独的人特别害怕被冷落，打架是吸引别人关注的最佳方式——

打架后爱你的人会关注你，譬如，打赢了父母担心你会遭到报复，打输了父母更会心疼你受伤；打架时看客会关注你，他们正好可以免费"坐山观虎斗"；打架时敌人更会关注你，他们希望能借别人之手解自己心头之恨。

我小时候特别害怕孤独，害怕受到冷落，总渴望有人来关注自己，哪怕是出于恶意的关注，也比完全没人关注要好。事实上，这并非我一个人所独有，中小学各班里都少不了喜欢恶作剧的小孩，扮鬼脸，发怪声，做坏事，引起同学们的哄笑，一瞬间全班的目光投向了他。孤独和被冷落的孩子，只要班上同学能关注他，宁可冒着挨老师批评的风险，也要在课堂上调皮捣蛋，他觉得即使被老师批评，也总比被老师漠视要温暖得多。

由于我个头并不魁梧，身手更不矫捷，每次打架都很少"得胜而归"，多半是"落荒而去"。看到我被打得鼻青脸肿的样子，母亲不知多少次伤心落泪。连狠心的父亲也动了恻隐之心，有一次他摸着我的伤痕说："打架要估摸一下，你能不能打赢人家，打不赢还硬要打，那不是自己欠揍吗？"

这大概是父亲平生少有的几次生活智慧教育，后来我脑子慢慢就清醒了一些，看到人高马大的对手，我也知道"好汉不吃眼前亏"。

多次挨揍的痛苦经历告诉我：即使不能为自己选一个好朋友，也要为自己挑一个好对手。

孤独能使人更快成熟，对有独立思考能力的成人也许是这样，他们在孤独中会闭门思过，会与自己的灵魂对话，会在精神上与自己交友，在孤独中与自己和解，在孤独中清除自己精神的垃圾，孤独的确能让人变得更平和，更坦荡，更坚毅，也更豁达。

可对于我来说，孤独就是自己黑暗的地狱。父亲被批斗是家常便饭，哪还有心情和我交流？母亲天天要下地挣工分养家，更没有空闲和我交流。弟弟比我小六七岁，我们之间无法进行交流。由于没有学会与同伴相处，很少有伙伴和我一起交流。上小学后，家中的书都烧光了，即使没被烧光那些书我也没兴趣，家中全是一些发黄的线装书，我没有办法泡在书中与古人交流。一个小孩连和同伴交朋友也不懂，哪懂什么自己与自己交朋友？

在那种情况下打架斗殴是一举两得——既能打发无聊，又能驱赶孤独。

三、高中：求知的热情

由于父亲过分严厉的高压，整个小学阶段我都很有点厌学，直到初中一二年级还不喜欢读书，成绩只能说勉强过得去。到了初三，随着父亲被批斗得越厉害，他对我的学习就越不上心。你说怪不怪，父亲对我的学习越是不上心，我对自己的学习反而越是用心。从前是父亲逼着我读书，慢慢变成了我主动去找书读。初中毕业时我各科发展比较平衡，偷偷看了一些"文革"前的小说，数学学起来也不吃力。从讨厌读书到想读书，我们乡下把这种情况称为"玩醒了"，我真的像是从懵懂之中突然醒来。

上高中是住读，远离了父亲的"魔掌"，照说更为自由，事实上我却比在家时更为自律。上高中时虽在"文革"期间，但邓小平已出来主持工作，学校开始进行文化课教学，高中三年一次也没有斗过老师。语文、数学、物理、化学等课，老师们教得很认真，同学们也学得很刻苦。

班上的同学课内课外都偷看禁书，那时除了革命导师、鲁迅和浩然等极少数人的著作外，所有人文社科书籍都在被禁之列。人们把这些禁书称为"黄色书籍"，连《唐诗三百首》也在被禁之列，更不用说写谈情说爱的《红楼梦》，写妖魔鬼怪的《西游记》，写枭雄混战的《三国演义》，写落草为寇的《水浒传》了。

越是禁书同学们越想"犯禁"，越是"黄色书籍"同学们越想偷看，读书和接吻一样，偷来的反而格外香甜。偷读禁书紧张刺激，这养成了我爱好阅读的习惯；下一位同学正等着要读禁书，这又锻炼了我精神高度集中的能力，也培养了我一目十行的阅读本领。

当时既没有高考的压力，又没有成绩排名的紧张，同学们得以自由自在地读书。大家把自己家的书带到学校去传阅，一本书通常都成了"猪油渣"，前后页全都脱落，书角全都毛边，有些小说读完了还不知道书名。

我们班几个爱读书的同学，几乎是比赛读书，哪位宣称自己读过什么书，如果其他人没有读过，大家都会投去羡慕和赞美的目光。现在还记得一位叫胡利畅的同学，他的阅读面特别广，作文写得也很漂亮，一次他对我说，他读了郭沫若刚出版的《李白与杜甫》，我连这本书的书名也没听说过，顿时觉得自己浅陋寡闻。

高中毕业时，我读了不少中外小说名著，除《金瓶梅》没有读过外，现在所谓"中国古典小说四大名著"都通读过，《水浒传》中的不少名句至今还记忆犹新。因为高考的压力太大，今天的高中生很少通读名著，既没有通读名著的时间，也没有通读名著的心境。过大的压力、紧迫的时间，磨灭了学生学习的兴趣，减弱了青年求知的热情。

由于没有太高的阅读门槛，阅读小说和人文类著作是一种自发行为，而学习数学和其他理科知识，则离不开老师的课堂教学和课外指导，开始要"先生领进门"，此后才"修行在各人"。

学生遇上什么样的老师，就像丈夫娶到什么样的妻子一样，全凭一个人的福分与两个人的缘分。我一路走到今天总是福星高照，高中时遇上的最大贵人就是数学老师阮超珍。阮老师毕业于华中师范大学，也就是我现在供职的大学。高一时她见我喜欢瞎琢磨，课后常常还向她请教，便暗暗送我一本"文革"前出的《初等代数》。这本数学书大概四百多页，当时我如获至宝，马上从第一页学起。由于没有掌握自学数学的诀窍，就像猴子吃栗子——不知如何下口，起初进度非常慢。遇上拦路虎的时候，不好意思经常打扰阮老师，我怕别人说阮老师对我偏心，又不能和同学们一起讨论。一天上午下课后，阮老师问学到哪里了，我一五一十地诉说了自己的困难。见我自学困难重重，她让我每周向她汇报一下难点。每一课后面的练习题，不分难易我都做了一遍，做上记号的难题第二天重做。每课结束后我都会在脑中复述这一课的内容，归纳它的重点、要点和难点，进新课之前要复习一遍前两次的课程。自学时间一长就掌握了一些窍门，不只进度越来越快，而且越学越觉得有味。解出一道难题像攻破一座城堡，我像冲上敌军城楼挥舞红旗的勇士，内心涌动着胜利的喜悦与豪情。

学完了《初等代数》后，阮老师又送我一本《初等几何》。相对于解代数题，我更喜欢证几何题。有时一个难题要证几页纸，难题证出来后的成就感，没有自学过数学的朋友无法想象。

邓小平复出的1973年，我们那里还举办过一次数学竞赛，我在一两千名参赛者中夺得第三名。

假如那时像现在这样划分文理科，我无疑会被划在理科班。我的作文也算写得不错，鲁绪卿和胡仲弼两位优秀的语文老师还常给我戴高帽，但我的作文在班里不能称雄。我的数学在班里一直独占鳌头，对几何我好像有一定的空间想象力，对难题也有较好的敏锐和直觉。

当时数学比现在高中数学的难度要小得多，竞争也没有现在这么激烈，我可能把自己对数学的爱好，当作了自己的数学才华，恰如喜欢美颜照相的女孩，错把照片中的玉容当作自己的脸蛋。

高中三年虽然在"文革"中度过，但我的求知欲极其旺盛，碰到的老师又极其认真，所以我的学业并没有过多的荒废。学习进步极快倒在其次，关键是养成了喜欢阅读的习惯，对数学产生了浓厚的兴趣，还初步训练了自己的逻辑思维能力。

根据自己的经验，我始终相信兴趣并非天生，它是后天习得的结果。俗话说"将门出将，相门出相"，过去误以为是得自遗传，其实全是环境和教育的产物。一个孩子出生于什么样的家庭，遇上什么样的老师，他就可能喜欢或讨厌什么样的科目，这有点像从前的女孩，嫁鸡随鸡，嫁狗随狗，全看你是什么样的命。

阮超珍老师是我的恩师，夫子河高中是我的福地。

四、专业选择：将错就错

我的一生有很多阴差阳错，我的专业选择就是将错就错。

高三下学期有一次办墙报，编排和抄写主要由我负责。墙报快贴完一大半的时候，班主任袁老师碰巧从墙报旁边路过，看到我们的墙报都是一些批判文章，他老人家突发奇想地说："怎么都是清一色的文章，不找几个同学写一些诗呢？"说实话同学中没有人会写诗，教理科的袁老师恐怕也不知道什么是诗，他可能只是觉得诗歌分行，看上去排列整齐美观。我们几个同学正在面面相觑，袁老师又发号施令了："建业，你去写几首来！"

尽管前两年老师时常遭到批斗，他们在学生心目中的权威已大不如前，但平时我仍然不敢与班主任对着干。老师既然已经发话，我只好硬着头皮完成。

但凭我的语文水平无法完成，一来我根本不会写诗，二来就算是真会写诗，也不可能立马就能连写几首，像照相那样"立等可取"，相传七步为诗的曹植，历史上也只有他一人。完不成任务怎么办？第一个蹦出来的妙招就是"抄"。我们学校当时的藏书基本烧光了，我到阅览室翻了几份权威报纸，一口气抄了三首，还模仿报纸体式标明"外二首"。这三首诗个别地方我改动了字句，大部分却是一字不改地"忠实原作"。没想到一贴出来袁老师赞赏有加，同学们也都拍手叫好，很快还得到了戴校长的热情表扬。

没想到抄了三首诗弄出了这么大的响动，得了这么多荣誉，小孩的虚荣心很大，胆子却很小，先不想承认是抄的，后不敢承认是抄的。

阅览室近几天的报纸大家都能看到，我在老师和同学眼皮底下抄诗竟然没人发现，我一激动就把这几首诗寄到当时一家报纸。几十年前没有互联网，很难查到原诗发在什么地方。无知无畏的我既然敢抄袭诗，糊里糊涂的编辑自然敢刊发诗。

抄的这三首诗歌发表后，我更是尝到了"写"诗的甜头，也确立了我当诗人的信念，从古代到当代，从中国到外国，什么诗歌我都读得津津有味，连湖北宜昌工人诗人黄声孝的作品也读了很多。没过多久，我真能写出像模像样的诗来，1977年高考之前，我在当地小报发了不少诗歌，发了十几篇散文和一个独幕剧。于是，我死心塌地要当诗人。

1977年高考，湖北省的语文和数学试卷文理科通用，因为我们高中没有分什么文科理科。按我高中的学习兴趣和成绩本应考理科，可我为了实现当诗人的美梦报考了文科。我第一志愿就填报了华中师范大学中文系，当时校名叫华中师范学院。其实，我做梦也没有想过教书，高中母校有个物理老师是华中师大的校友，他说华师校园特别美丽，那里有一栋圆顶建筑。我一个乡下孩子连楼房也很少见到，更没有见过圆顶房子，一时间我把华师想得比天宫还美，毫不犹豫地填报了华师中文系。记得到华师本部报到后，我第一件事就是找老师描述的圆顶房子，连问了几个老师都说没有圆顶房子，最后才有位老师告诉我说，物理系楼顶有个圆砣砣。我远远望着那个圆砣砣哭笑不得，正是它诱使我报考了师范，成了今天的教书先生。

入校以后，第一学期学当代文学，那个讲当代文学的老师讲了一学期当代诗歌，准确地说他是一个学期都在糟蹋诗歌，我们系里所有同学都听烦了，弄得我一看到诗就想吐。幸好，这位老师后来调离了教学岗位，不然不知他要毁灭多少青年的诗人梦。一个糟糕的老师，就像一个糟糕的厨师，把一块上好的食料，做成了一道恶心的菜肴。读了三个多月我才如梦方醒，明白想当诗人的梦想极其荒唐——我的才能既当不了诗人，我的志向也不是当诗人。

我立即向教务处写申请，请求转系换专业，当时一门心思要转到数学系。四十多年前，我国大学不准转专业，教务处的老师对我说，中文系是华师的好专业，要我坚定专业信念，培养专业兴趣。我找班主任刘兴策老师倾诉痛苦，诉说自己读不下去的烦恼，还流露了想退学的念头。刘老师待人和蔼可亲，他轻言细语地劝我认真学习，还说中文系是华师最好的系之一，别系的同学很多人想进来，我有幸进来了却想逃走。我母亲更是反对我退学，扬言只要我敢退学，她就跳到塘里淹死算了，遇上这么不争气的儿子活着也没意思。

母亲以死相威胁，我便死了退学念头。

大学一年级我读得苦不堪言，觉得读大学无聊透顶，念中文系更是荒唐至极。吃不进，睡不着，上课是一种折磨，活着是一种负担。校医说我是"严重的神经衰弱"，现在来看可能是患上了抑郁症。偶尔还想到了死，一想到死就恐怖，家中还有将来要我赡养的老母，还有正在念初中的弟弟。我想尽一切办法振作起来，我每天早上和晚上跑步，不管失眠不失眠都按时起床，不管读不读得进去照样坚持读，到了二年级情绪慢慢好转。

我的记性至今还很好，临场发挥的技巧也高，哪怕患"神经衰弱"期间，期中期末考试成绩也是名列前茅。我的心情一天天"转晴"，我的信心也一日日高涨。

由于我的方音太重，中小学又没有学拼音，大学里学英语时连元音辅音也发音不准，每个单词的发音也不会拼。我的语言模仿能力很差，加上每个单词不会拼读，学英语时又快二十二岁了，因此觉得学英语比登天还难。很快我就从英语普通班"贬"到了慢班，原来教我英语的老师叫宋淑慧，是一位年轻漂亮的女教师，她笑起来特别甜美，只比我们七七级高一届，年龄比班上很多同学还小些，每次上课班里的男生都挤到前排。慢班的英语老师一脸苦相，说起话来又凶巴巴的，只要一看到他的凶相，我的心就沉到了谷底。

为了洗刷被"贬"到慢班的耻辱，为了重回宋淑慧老师英语班，我请室友李建国兄教我元音辅音，教我如何拼读英语单词，又请班里家在北京的同学王玲玲大姐买了一本《英语小词典》。我白天背诵英语课文，一页页地背诵词典上的单词，就寝后睡在床上又默背一遍，第二天早晨背新课前先复习旧课。这样日复一日地苦干了一年，我便以优异的成绩进入了英语快班。

七七级同学中有的年龄很大，中文系同学学英语的信心都不足，学英语的热情也不高，我不放弃自然容易出头。三年级时我便能阅读改写的英语读物，这样我学英语的积极性更高，很多英语小说我没有读过译文，只读过一些改写的简易读本。几年后，发现自己能读懂罗素的《西方哲学史》原著，当时的激动真无法形容。我不想把它归还图书馆，因为到处买不到罗素这本原著，宁愿被惩罚也要把它"黑"下来。学校图书馆规定，学生借阅的图书两个月必须归还，归还后还可以续借。借阅的罗素英文《西方哲学史》虽是盗版，我对它照样爱不释手。我想出了一个不还书的昏着：对图书馆借阅老师撒谎说"丢了"。图书馆老师对我说赶快去找找，外文书规定是丢一罚十，可我还是坚称"找不到"，罚款十倍我也要将它"据为己有"！这本书我保留至今，每页都画了记号。

后来我能较快阅读英文文献，能翻译不少英文随笔，大学里刻苦背诵英语名篇，大量死记英语单词功不可没。

大学四年级上学期，商务印书馆出了系列莎士比亚英文作品集，正好前一年人民文学出版社出了《莎士比亚全集》朱生豪译本。朱译的莎士比亚戏剧太美了，不仅语言典雅华丽，念起来也音韵铿锵。我想莎士比亚的英文肯定更美，于是发誓要通读莎士比亚英文原著，从牙缝里省钱把莎士比亚英文集子都买了。二三十年后，自己仍旧体会不出莎氏原文美在何处，甚至根本就读不懂莎氏原文。一气之下将它们都送给了念英语专业的学生，只留了一本《莎士比亚十四行诗》，每当夜深人静的时候，我还时不时把它拿出来摩挲，借此机会不断提醒自己说："戴建业曾是个上进青年!"

班里可能要数我最喜欢逃课，老师讲得索然无味的课，听两三次后我就去图书馆自己看书，不再去教室里浪费时间。我在班上不是显山露水的"要人"，上课和逃课都没人在意。大学四年，我听课不多，但读书不少。毕业时我能顺利考上研究生，多亏了我平时逃课得法。

到大学三四年级时出现了美学热，快毕业那年买了李泽厚的《美的历程》，此后我成了李泽厚的铁杆粉丝。我们寝室王祖国喜欢读哲学著作，大家都戏称他"小黑格尔"。受他的影响我也迷上了哲学，还随同学一块去武大听刘纲纪先生的美学课。

我学习中文完全是"将错就错"，幸好能够"先结婚后恋爱"，报考了中文逐渐爱上了中文，不像现在有些小两口，起初一激动了便结婚，往后一激动了便离婚。

五、普通话：我人生的悲喜剧

在拙著九卷本"戴建业作品集"序言中曾说过，我的一生有点像坐过山车。比如我说话的神情和腔调，原本来于自己的天性，可从小因说话"没个正经"，我没少挨父母的打骂。在如何教育我的问题上，我父母的意见从来就不曾统一，但在男孩应该庄重这点上，父母的认识却又高度一致。"正颜厉色"是父亲在我和弟弟面前的"示范表情"，我本来就属猴，人也长得像猴，小时候走路蹦蹦跳跳，说话也总嘻嘻哈哈，我一开口父亲便骂我"轻佻"。父亲对我的期望与我的天性不啻天壤，我在他面前十分憋屈，他对我定然极度失望。何曾料到，等自己成人以后，才发现我说话的样子人们并不反感，尤其走上大学讲台以后，我讲课的方式同学们十分喜欢。

父母是用他们理想的男孩模子，来教育和铸造他们的孩子，宁可让孩子削足以适履，也不愿孩子适性而成才。再说，"一本正经"未必就"一身正气"，"一本正经"反倒可能遮掩了"四平八稳"。我们父母的人格理想，不一定是被社会认可的理想人格。我早年要是被父母成功改造，小时或许能讨父母欢心，今天就必然使读者观众反感。

当然，要说起人生的"过山车"，非我那口独一无二的普通话莫属，它才真正让我尝够了人生的酸甜苦辣。

眼下，我讲的"麻普"风靡全国，这两年不断出现"戴建业口音"模仿秀，有的模仿到可以乱真的程度，连我本人也误以为是出自我的"金口"。海外许多华人收看我讲古典诗词的视频，我还不时收到他们对我的感激和赞美。上周B站的同学们还留言说，但愿我的"麻普"能做到"不忘初心"。

我老家麻城去年还请我回乡演讲，老乡们感谢我"把麻城话推向了全国"。

朋友们喜欢我的讲课内容和讲课方式，也爱屋及乌地喜欢我的方音。如今，"麻普"成了我的标识之一，与"麻普"相关的"你听懂了没有"，也成了我最有名的口头禅，"你听懂了没有"还成了我一本散文集的书名，它这一年多来一直畅销，从网上到书店再到机场，随时随地都能见到它。在上海用餐时，一位粉丝朋友就对我喊"你听懂了没有"！

这真让我大感意外，更让我喜出望外。水还是那条水，山还是那座山，月亮还是那个月亮，方言还是那个方言。何曾料到，当年麻城方音曾是我甩不掉的包袱，今天麻城方音成了我别树一帜的"优点"。三十年河东，三十年河西，谁料得到呢？

这广为人们模仿的"麻普"，当年可是让我吃尽了苦头。

说来都是泪。

除了从广播和收音机中听到普通话，从强迫我父亲"交代问题"或找父亲"调查问题"的干部那儿偶尔能听到外地口音，上大学前没有听到过有人当面和我讲普通话，更没有人教我说普通话，甚至从小到大都没学过拼音。念中小学时，老师们讲课全是用麻城方言，高中教数学的恩师阮超珍是唯一的例外，她是用广东普通话给我们上课。上大学后，才知道竟然还有人听不懂我的"普通话"，还有人嘲笑我的方音！我们七七级是春季入学，永远也忘不了上学不久的一次春游，我走在前面发现了一处美景，马上招后面的同学说："快来，这里最美丽！"班长俞志丹笑着问我："你在说什么？"怕他们没听清楚，我立即又重复一遍："这里最美丽！"班长更加疑惑地说："你在说什么呀？"以为他是在戏弄我，我窘迫得满脸通红，他也困惑得一脸无奈，同行的几个同学都哄然大笑。学了拼音后才明白班长的确没听懂，因为"这里最美丽"五字，麻城方音是这样念的："lè lì jì mì lì"。

　　大学四年，麻城方音不知给我造成多少尴尬，我的室友李建国差不多天天拿我开涮。建国兄语言模仿能力很强，用我的方音念诗是他的绝活，特别是学我朗诵刘禹锡的《乌衣巷》，从语音、神情到姿态都惟妙惟肖。"观看"他高超的模仿秀，我心情好时是一大乐事，心情坏时是一大难堪。顺便说一下，我们家乡"野草花"的"花"念"fā"，"夕阳斜"的"斜"念"xiá"，"百姓家"的"家"念"gā"。

方音招来模仿还只是大学生活的调料，问题是它严重影响我的学习成绩，而且还可能影响工作分配。我们学校过去十分强调师范特性，中文系要求学生"一手漂亮字，一口标准话"，因而对学习普通话十分重视。大学二年级，教我语音课的朱道明老师，课中常点同学们起来念一段话。一次点到了我，我让旁边的同学小声念，我跟着他模仿如何发音。朱老师以为我身旁的同学在聊天，告诫他"不要讲话"，同学一停止讲话，我马上就不能"说话"——我不能也不敢用乡音朗读。

最大的麻烦是教学实习。我实习的学校是武汉第十四中，一想到要给武汉孩子上课我就发怵。我与班里的美男子邓衍明分在初中班，班主任王迎跃是一位教数学的美女，邓衍明、我和班主任三人同岁。邓老兄是一位撩妹高手，嘴巴说的比脸蛋长的更要迷人，不到两周就把自己的指导老师，成功地变成了自己的女朋友。这小子可把我害惨了，王老师很快完成了角色转换——对他非常"亲密"，对我只是"客气"。

更要命的是班里的孩子不懂假装"客气"。我第一课是讲《人民英雄永垂不朽》，一开口就把课文标题中"永垂"的"永"念成了"rěn"，全班同学哄堂大笑。我在同学们眼中可能已经不是老师，而是一个土得掉渣的滑稽小丑。过去在老家时我擅长表达，在武汉当老师简直不敢张口，我一张口同学们就挤眉弄眼地笑。本来我备课非常认真，但由于独特的普通话无法上课。第三天就有一位学生家长投诉，她向我的语文指导老师声明："如果还是这个小戴老师上课，我家小孩明天就不来上学，我女儿根本不知道他在说什么。"

实习结束，其他同学都得的是"优秀""良好"，只有我一个人只得了个"合格"。

这次实习得分高低并不重要，对我真正的打击是留下了阴影，使我对自己的"普通话"失去自信，研究生毕业后走上讲台仍然紧张。

果不其然，原先在什么地方摔倒，还会在什么地方跌跤。回母校一登教学讲台就放了哑炮，第一次课后学生就要求换人，理由仍和大学实习一样——听不懂。这才发觉问题十分严重，我可能一辈子与讲台无缘，我不能吃教书这碗饭了。普通话讲得不好，我曾被领导传去谈话。领导考虑把我调离教学岗位，决定让我去"搞行政"。当时把我给逼着急了，我跟领导当面顶了起来："我的普通话不好，你怎么能听懂了我的话呢？"

生存的严酷性逼迫我学习普通话，那时候录音机还不普及，我买了一台便携式收音机，时常收听中央人民广播电台。对其中"阅读和欣赏"节目特别重视，每次提前将原文标上拼音，先自己反复诵读，再跟着电台来正音，一两年下来练就了这口非驴非马的"麻普"。从此就很少听到同学们抱怨"听不懂"了，我的课堂上还常能收获掌声和笑声，再过几年我的课堂便"一座难求"。

2018年初，我十多年前录制的"走近大诗人"课程，超星截取其中一些短视频传到"抖音"上，有的短视频当日点击量迅速突破2000万次，点赞150多万人次。我的教学和"麻普"出乎意料地受人欢迎。随着我越来越多的讲课视频传到网上，我被南北网友接受的程度也越来越高。我的很多"段子"到处流传，我的"麻普"不断上热搜。

可见，我的"麻普"就像中国许多戏文，它是我教学生涯中的一出悲喜剧：开头是劫难的连环套，结尾则是典型的"大团圆"。

六、心愿：尽快回归常态！

我本来就是一个不会讲普通话的普通老师，也一直十分享受做一个普通老师。

在窗明几净的书斋，泡上一壶好茶，摊开一本好书，一个人细品乌龙静读书，就是我的人间至乐。要是又能无拘无束地胡思乱想，再把自己读后的所思所感写成文章，还能与两三知己切磋分享，那更是让我进入了人间天堂，就像庄子所说的那样，"虽南面王乐，不能过也"。

因为本人就是湖北麻城人，麻城与武汉的气候风俗十分相近，从西南师范大学研究生毕业，我便要求回到武汉工作，原本分配在今天的华中科技大学新闻系教中国文学史，华师母校的丁成泉老师要求改派，这样我才改分到母校华中师范大学中文系，这让我有一种双重"回家"的感觉——既回到了母校，又回到了家乡。在自己所在的古代文学学科，我当了二十多年学科带头人，学科里无论是我的老师兄长，还是我的学生晚辈，无一不比我才高学富，无一不是谦谦君子，无一不支持我的工作，我也公平友善地对待每位同仁，几十年来我无日不生活在友爱温暖之中。学科里的谭邦和兄，我们在大学四年同学，后来三十多年又在同一个教研室共事，三四十年来没有闹过矛盾，工作和生活上相互扶持，直到今天仍旧天天保持"热线联系"。古典文献学学科张三夕兄，虽然我们相交只有十几年，但我们的交情酷似醇酒，时间越久远情味便越醇厚，大家常在一起侃学问论时政聊人生，古人所谓"友于兄弟"恐怕也达不到这种境界。我对同学科的所有同仁都终生感恩。

原打算在武汉汤逊湖边买套房子，退休后在那里读书、写作、休闲，读自己想读而未读的好书，重温自己虽读而未精的经典，完成自己动笔而尚未煞笔的著作，顺便也翻译一点自己酷爱的英文随笔小品，当然更要玩转自己想玩而未玩的国家和景点。尽管头上青丝早已成雪，可我自觉身体还比较健康，记忆力也和年轻时没有什么两样，至今比有些研究生的记性还好，抢记可能比他们还快，记忆时间也可能比他们还长。要是能保持良好的生活习惯，我觉得自己的后半生一定更为惬意；要是能够高度自律，退休以后自己或许更有成就。

近十年来，我的文化随笔和社会评论虽然拥有许多读者，2012年还被网易评为"十大博客名家"，但它的读者范围毕竟只限于小众。三年前我的教学视频在网上广泛传播，互联网把我推到了大众面前，使我这个书斋里的书生成了"公众人物"，给我带来社会声誉的同时，也给我带来许多烦恼。最大的烦恼就是不得安宁，各种媒体采访，各种团体邀约，各种社会活动，有些无法拒绝和逃避，不仅完全打乱了我日常的作息习惯，有些活动我还不得不"勉为其难"，做一些我既不善也不愿的事情。

一是打乱了自己的工作节奏，二是没有多少整块时间读书，眼见"日月逝于上，体貌衰于下"，我的生命就在这种庸庸碌碌中耗费掉了。这种外出应酬，近几年我从很不习惯到十分恐慌，希望生活尽快回归常态。

2019年9月9日，《光明日报》发表了一篇采访我的报道，文章的标题就是用我的原话——《戴建业：一个人不能红得太久》。在这次采访中我对记者说："一个人不能红得太久，太久可能就毁了。任何人要是一直在聚光灯下，什么事也干不成。"

红久了人就容易忘乎所以，不知道自己到底有几斤几两，在聚光灯下久了容易烦躁和浮躁，根本无法进行深入思考。我曾在"今日头条"的微访谈中说过，"铁因冷却而变硬，人被冷落才清醒。越是不被人关注，越是容易深入思考，被社会冷落的人，也许是最有深度的人"。被后人珍视的那些学术成果，通常出自那些生前被人忽视的作者之手。

元好问称道陶渊明"豪华落尽见真淳"，俗话也说"平平淡淡才是真"，高名盛誉是一个人脸上的脂粉，洗去了这些脂粉才能露出真容。被人们"相忘于江湖"才是人生的常态，被社会过分关注是生活的变态。我希望洗去脸上的妆容，尽早回归从前的生活形态——读自己想读的书，说自己想说的话，干自己想干的事。

到那一天，我的衣着还像从前那样不衫不履，写作还像从前那样无所顾忌，议论还是像从前那样尖锐犀利……到那一天，我就没有"长恨此身非我有"的痛苦，我就更有底气对大家说，"我是戴建业"！

2020年10月5日

几家欢乐几家愁

——唐宋守岁诗杂谈

苏轼在《馈岁／别岁／守岁》组诗的小序中说："岁晚相与馈问，为馈岁；酒食相邀呼，为别岁；至除夜达旦不眠，为守岁，蜀之风俗如是。余官于岐下，岁暮思归而不可得，故为此三诗以寄子由。" 他这段话来于西晋周处的《风土记》："蜀之风俗，晚岁相与馈问，谓之馈岁；酒食相邀，为别岁；至除夕达旦不眠，谓之守岁。"

其实守岁这一风俗，并非始于西晋，更不限于西蜀。俗谚说除夕"一夜连双岁，五更分二年"，所以除夕真个是一刻千金，哪怕是平时游手好闲的人，对除夕之夜也格外珍惜，正如宋人席振起《守岁》中说的那样，"三十六旬都浪过，偏从此夜惜年华"。无论官民，无论成败，无论勤懒，差不多人人都会守岁。

不过，守岁尽管相同，心境可不一样。从下面几首诗可以看到，除夕之夜"几家欢乐几家愁"。

一、"共欢新故岁，迎送一宵中"

——唐太宗的《守岁》

唐太宗只活了五十二岁，我今年快要满六十三岁，他短短一生惊天动地，而我的六十三年一路"蹉跎"。先父给我取名"戴建业"，想想自己这个响当当的大名，再想想唐太宗盖世的功业，我真想马上隐姓埋名，今晚便偷偷入地三尺。我一辈子很少崇拜谁，可唐太宗一直是我心中的偶像。他让我仰慕的倒不是那一国之尊的帝位，而是他那赫赫战功，那巍巍大业，那烈烈操守，特别是他那大海似的宽广胸怀，那神一般的高度自律。普通人哪怕拥有其中任何一项，也足以让人十分佩服，而他样样都已完备，谁还能不对他高山仰止？功业、才华、胆略、爱情，更不用说权势、金钱……男人梦中想要的一切，李世民哪一样没有实现？

好在唐太宗也是人，他也要过民族节日——除夕，他在除夕之夜也同样守岁。下面这首《守岁》作于贞观年间，它让我们能一睹皇帝守岁的情景——

> 暮景斜芳殿，年华丽绮宫。
>
> 寒辞去冬雪，暖带入春风。
>
> 阶馥舒梅素，盘花卷烛红。
>
> 共欢新故岁，迎送一宵中。

首联中的"暮景"指夕阳余晖，"芳殿""绮宫"指帝都宫苑，"丽"是把形容词作使动词来用，意思是"使……更加美丽"。这两句交代除夕来临前的宫中景象：夕阳余晖斜照在富丽的宫殿上，给宫苑抹上了一层红彤彤、暖融融的色调，除夕的喜庆气氛把华丽的宫殿装点得更加美丽。"年华""暮景"与"芳殿""绮宫"，自然景象与宫殿建筑相映生辉。

颔联"寒辞去冬雪，暖带入春风"，紧承第二句的"年华"，写除夕正值冬去春来，随着冬雪的消融，严寒逐渐远去，扑面而来的和煦春风，给巍峨的皇宫带来暖暖春意。正如大臣必须早朝一样，春天好像也要先到皇宫报到，真个是皇宫一年春来早！"寒辞去冬雪"照字面上顺序说，"寒"辞去了"冬雪"，"暖带入春风"的字面意思，是说暖气带入了春风。这有点像小孩说话，听起来颠三倒四的。诗人的大意其实是说，除夕辞去了冬雪的严寒，春风给宫殿带来了春天的温暖。作者为什么要颠倒正常的语序呢？首先当然是押韵的需要，这首诗押东韵，不得不把"春风"调到句尾。其次是追求语言的生新奇崛，这种新奇的语言与除夕的新春气象十分和谐。通过颠倒语序或扭曲词性，有意与日常语言拉开距离，西方新批评派将这种做法称之为"语言的陌生化"。

颈联"阶馥舒梅素，盘花卷烛红"，"阶"指宫殿前的石阶，"馥"指弥漫四周的香气，"舒"在此处指梅花舒展或绽放，"梅素"指盛开的白梅。"盘花"有的说是指各种摆放精巧的供品，

31

有的说是指蜡烛的花盘。这两句是说梅花绽放送来沁人香气，宫苑四周都张灯结彩，白梅、红烛烘托出浓重的节日喜庆。梅素与烛红相间，自然与人工相配，既有白梅的素雅，又有红烛的浓艳，处处都洋溢着除夕节日的气氛。

尾联"共欢新故岁，迎送一宵中"，回扣题目"守岁"，古人把这种写法称为"切题"。李世民的人生堪称完美，他几乎是我国历史上最被人爱戴的君主，贞观之际他又正处于人生的顶峰，回首"故岁"了无遗憾，展望"新岁"更为辉煌，不管是送走"故岁"，还是迎来"新岁"，他只有喜悦而没有愁容。"欢"既指他欢庆佳节的行为，也指他在佳节的欢乐心境。"共欢"是由己而及人，由宫廷而广被天下，在送旧迎新的除夕之夜与民同乐。"共欢新故岁，迎送一宵中"，道出了除夕的特点，又写出了守岁的心情，早已成为咏除夕诗的名句。

此诗应属于除夕的应景之作，但唐太宗绝没有随便应付。从颔联的颠倒语序，从"丽绮宫"的扭曲词性，从"辞""带""舒""卷"的遣词造句，我们不难想见作者的良苦用心。章法上先用"暮景""年华""芳殿""绮宫""春风""梅素""红烛"等意象，把除夕的皇宫写得金碧辉煌，把除夕的节日氛围写得暖融融、喜洋洋，最后自然逗出了"共欢新故岁，迎送一宵中"名句。由除夕节日的喜庆情景，引出除夕节日的欢乐心情，一切都是水到渠成，结构上更是环环相扣。色彩极为富艳而绝不艳俗，诗境极其壮丽而绝不俗气，境界既非常大气，情调又充满了喜气，它不失为歌咏除夕的佳作，结尾两句更被人广为传诵。在这个一刻值千金的除夕之夜，让五湖四海的华人一起同唱——

"共欢新故岁，迎送一宵中"！

二、"除夜之绝唱"
——戴叔伦《除夜宿石头驿》

除夕之夜，有像唐太宗那样"共欢新故岁"的自豪，有像陈师道那样"半生忧患里"的痛苦，有像苏轼那样"努力尽今夕"的抖擞，也有像戴叔伦那样"万里未归人"的飘零，真是几家欢乐几家愁。

刚才大家看了唐太宗《守岁》的雍容大气，现在再来看看戴叔伦的《除夜宿石头驿》的飘零凄凉——

旅馆谁相问？寒灯独可亲。

一年将尽夜，万里未归人。

寥落悲前事，支离笑此身。

愁颜与衰鬓，明日又逢春。

此诗一经问世便广为传诵，明代胡应麟更许为"除夜之绝唱"。我们先了解一下戴叔伦为何写这首诗，再来谈谈这首诗又"绝"在何处。

戴叔伦（约732—约789），润州金坛（今常州市金坛区）人，生长于一个隐士家庭，祖父戴修誉和父亲戴育用，都做了一辈子隐士而不做官。到戴叔伦这一辈都走上了仕途，戴叔伦哥哥戴伯伦做过县令。在官场上，不知是比兄长运气更好，还是比兄长才干更高，戴叔伦为中唐著名政治家和理财家刘晏所赏识。大历年间，刘晏掌朝廷财赋，举荐他为湖南转运留后，负责该地的粮食和食盐运输，后历任抚州刺史、容州刺史、容管经略使。

任上的政绩卓著，社会上口碑很好，但他到老来官瘾冷淡，用今天的话来说，不想再"为人民服务"了，于是上表辞官请为道士。《唐才子传》说他"乐志清虚"，"清虚"的意思是清净虚无，为道家所企慕的一种境界，可见他遗传了爷爷和爸爸的"隐士基因"，相较于官员头上的乌纱帽，他还是觉得隐士乌角巾好。

该诗就写于他的抚州刺史任上。诗题中的石头驿在今天南昌市新建区赣江西岸。他可能年末取道长江东归金坛，除夕夜宿石头驿旅馆。除夕之夜家家围炉守岁，他却在石头驿旅馆中独宿，难怪诗人一提笔就说："旅馆谁相问？寒灯独可亲。"起句看似突兀，然而却属实情，除夕之夜谁还会顾念飘零的旅人？和他相伴的只有客舍寒灯，所以他觉得"寒灯独可亲"。既然灯是"寒灯"，那么馆也是"孤馆"。现在诗人四周只有寒舍，眼前只有寒灯，原本寒冷之物转觉可亲，心情的孤寂凄凉可想而知。

旅馆、寒灯本来就难熬，更何况是"一年将尽夜，万里未归人"的除夕呢？这一联简直是神来之笔，既是一、二句的申发，也是全诗的警策，更是千古的名句。

首先将五律通常的二三句式，改为四一句式，即"一年将尽——夜"，"万里未归——人"。其次将"一年将尽"修饰"夜"，"万里未归"修饰"人"，两个四字词组分别作"夜"和"人"的定语，这样，"一年将尽夜，万里未归人"就变成两个并列的意象。现实中"夜"与"人"不可能相对，诗句中"夜"与"人"却成了对偶。"一年将尽"对"万里未归"，一边是转瞬即逝的珍贵时光，一边是迢迢万里的回家之路，二者形成强烈的反差。"旅馆"中的"万里未归人"，独守"一年将尽夜"，无须再去叫喊孤独，用不着去倾诉凄凉，孤寂、悲哀、沮丧、失望、悔恨、思念……万般思绪全在不言之中，不用半句语言来倾诉，但胜过一切倾诉的语言。这就是古人所说的"立象以尽意"，不过，这不是卜卦的卦象，而是诗中的意象。

为了进一步阐明意象并列的妙处，我们不妨将两联相近的诗句稍作比较。清代诗人屈复在《唐诗成法》中指出："古诗'一年夜将尽，万里人未归'，此唯倒一字，精神意思顿尔不同，如李光弼将郭子仪之军也。"可能屈复记忆偶有疏误，他引的诗句并不完全正确，他说的"古诗"其实是梁武帝萧衍《子夜四时歌·冬歌》："一年漏将尽，万里人未归。"萧衍这两句诗写季冬的社会现象，冬天仍有许多征人游子漂泊在外，它们属于泛指而非特指，"泛泛而言"很难打动人心。再说，"漏"是古人用来报时的更漏，"一年漏将尽"是指年尾，但不一定就是特指除夕，因而减少了它在人们心目中的分量。最后也最重要的是，这两句虽然字面上是对偶句，但它们不是意象并列，出句和对句都句法完整，定语、主语、状语和谓语样样都没有落下，每一句分别各说一事。既是各说一事，就容易把话说完，既然已经把话说完，就没有多少想象的空间。"一年将尽夜，万里未归人"则大不相同，一是把泛指的"漏"改为特指的"夜"，二是巧妙地变动了萧衍那两句诗的语序，取消了原先两个诗句中的谓语，把两个完整的句子变成两个并列的意象。这两个意象并列在一起，马上就产生语言的张力，引起读者无限的遐想。萧衍原本两个平常的诗句，戴叔伦稍稍变动一下语序，就变成了极其精彩的名句，用黄庭坚的话来说，具有"点铁成金"的艺术效果。

这一联对偶精切巧妙，但又像是脱口而出；意象少到不能再少，但诗中的情意又回味无穷。

孤馆、寒灯、除夜、旅人，此情此景中，人会"思前想后"，这样自然就有了五、六句："寥落悲前事，支离笑此身。""一年将尽"之际，人们喜欢回顾一年，甚至回首平生。恰如王维所说的那样，戴叔伦大概也是"一生几许伤心事"，除了在抚州任上曾被污拿问，可能还有其他一些倒霉的"前事"。此处的"支离"不是指憔悴病弱，如通常所说的"病骨支离"，而是指自己长年颠沛流离，如杜甫说庾信"支离东北风尘际，漂泊西南天地间"，陆游称自己"支离自笑生涯别，一炷炉香绣佛前"。"悲前事"的"悲"是实情，"笑此身"的"笑"则是苦笑。他不只觉得"前事"可悲，而且还笑此生虚度。

尾联"愁颜与衰鬓，明日又逢春"，紧承上联的悲哀与苦笑。"愁颜"是说其心，"衰鬓"是状其身，"前事"既已堪"悲"，后事又哪能见好？在"愁颜与衰鬓"之中，"逢春"反而更使他悲观绝望，"又逢春"的"又"字，含蓄地表现了诗人对新春的厌倦和抗拒。譬如一个自己讨厌的家伙常来打扰，只要他一敲门，我们下意识地就想说"又来了"，但热恋中的男友或女友来了，大家肯定不会说他或她"又来了"。

前人赞此诗真挚动人，但最出彩的当属"一年将尽夜，万里未归人"一联。我个人认为，后四句拖沓冗赘，假如删掉这四句，将五律改为五绝，此诗可能更加机锋斩绝，余韵悠然——

> 旅馆谁相问？寒灯独可亲。
> 一年将尽夜，万里未归人。

朋友，你认为是原先的五律好，还是删成上面这样的五绝好？

三、"努力尽今夕"

——读苏轼《守岁》

汉初就有了二十四节气的记载，发现和命名可能早在先秦。可见，我们祖先对时节的变化特别敏感，对时光的流逝格外珍惜，常言"一寸光阴一寸金，寸金难买寸光阴"。

不过，个人的时间观念千差万别，少数人争分夺秒，多数人却浑浑噩噩。用曹丕的话来说，"日月逝于上，体貌衰于下"，他们一点也感觉不到，自然也就一点也不痛心。明代钱福《明日歌》就是说这些人的："明日复明日，明日何其多。我生待明日，万事成蹉跎。"等到一年将尽，他们才明白一年晃过去了；等到老之将至，他们才意识到一生也混完了。于是，一直要到除夕那天，许多人才开始警醒要"守岁"，守住光阴不让它从眼前溜走。席振起《守岁》一诗道出了实情："三十六旬都浪过，偏从此夜惜年华。"

古人以十天为一旬，"三十六旬"泛指一年。"三十六旬都浪过，偏从此夜惜年华"，这种人生态度尽管很糟，但到最后一天知道悔过，不管怎么说，还算懂得"亡羊补牢"。不少朋友的人生态度甚至更糟，到除夕最后一刻也不会"惜年华"。对自己"浪过"了一年，他们不仅毫无悔意，而且决心要一"浪"到底。这些朋友的人生态度是：既然一年都浪过了，又哪在乎除夕一夜呢？

小时候，每一年的除夕之夜，我父母再穷再病也要守岁；十年前除夕之夜，城里很多人家已经不时兴守岁，家家都是守着电视机；如今的除夕之夜，无论是乡下还是城里，许许多多的家庭都是守着麻将机。

"少壮不努力，老大徒伤悲"的古训，很多人已经忘得一干二净；祖辈守岁的传统习俗，在我们后代手里基本中断。除夕之夜，人人都抱着冰冷的手机，取代了当年围炉夜话的温馨甜蜜。苏轼的《守岁》诗，也许能唤起我们历史的记忆——

> 欲知垂尽岁，有似赴壑蛇。
>
> 修鳞半已没，去意谁能遮？
>
> 况欲系其尾，虽勤知奈何。
>
> 儿童强不睡，相守夜欢哗。
>
> 晨鸡且勿唱，更鼓畏添挝。
>
> 坐久灯烬落，起看北斗斜。
>
> 明年岂无年？心事恐蹉跎。
>
> 努力尽今夕，少年犹可夸。

《守岁》是组诗的第三首，组诗原题为《岁晚相与馈问，为"馈岁"；酒食相邀，呼为"别岁"；至除夜，达旦不眠，为"守岁"。蜀之风俗如是。余官于岐下，岁暮思归而不可得，故为此三诗以寄子由》。诗题前半部分本于晋周处《风土记》："蜀之风俗，晚岁相与馈问，谓之馈岁；酒食相邀为别岁；至除夕达旦不眠，谓之守岁。"古代乡里民风淳朴、和穆、友善，每到年末，蜀中家家都要"馈岁""别岁""守岁"，从晋至宋，蜀中这一风俗都完好保存了下来。

嘉祐二年（1057），苏轼与弟弟苏辙同榜中进士，嘉祐六年（1061）中制科优入第三等（宋代最高等级），授大理评事签书凤翔府（今陕西凤翔县）判官。同年苏辙授商州（今河南商县）军事推官，因父亲在汴京编纂礼书，苏辙获允留京侍亲。第二年年尾，苏轼无法回汴京与父亲、弟弟团聚，即标题所说的"岁暮思归而不可得"，才写下了这三首家乡过年风俗的组诗，以抒发自己的思亲和思乡之情。

组诗由《馈岁》《别岁》《守岁》组成，纪晓岚说三诗都"谨严有法"，王文诰认为《守岁》为"三诗之冠"。通俗地讲，就是这三首诗结构十分紧凑，技巧上都很讲究法度，但相对来说第三首最牛。

牛在哪些地方呢？

全诗十六句，可分为三节。前面六句为第一节。

上首《别岁》结尾四句说"勿嗟旧岁别，行与新岁辞。去去勿回顾，还君老与衰"，意思是说，别叹息旧岁离我们远去，别回顾刚刚消逝的年华，无情岁月给我们留下的只有老迈与衰朽。对时光不断流逝，而人日渐衰老，诗人十分沮丧感伤。

《守岁》一开始就是承上面这四句而来，表达自己对光阴消逝的无奈："欲知垂尽岁，有似赴壑蛇。修鳞半已没，去意谁能遮？况欲系其尾，虽勤知奈何。""垂尽岁"指将结束的旧岁，"赴壑蛇"就是马上要钻进土坑土洞的蛇。城里的朋友可能没有见过蛇钻土坑石穴，有时头和身子钻进去了一大半，后半身和蛇尾还露在外面。此时要是去拔正在钻坑的蛇，蛇身上的蛇鳞就会倒竖起来，使再大的劲也无法拔出，要是只露出一截蛇尾就更别想拉住它了，这就是农民所说的"倒拔蛇"。这六句大意是说，即将过去的旧岁，活像正在钻土坑的长蛇，蛇已经入坑了一大半，谁还能够把它阻拦？更何况只能抓住它的尾巴，再怎么用力也是枉然。

这个开头真精彩绝伦。首先，比喻新颖奇特而又形象逼真，把"垂尽岁"比喻成"赴壑蛇"，把快要过完的年尾比喻成马上入坑的蛇尾。恰如拦不住入坑的蛇一样，我们也守不住即将过去的旧岁。旧岁从眼前溜走，有眼也看不见，想留也留不住。苏轼把除夕年尾，比喻为入坑的蛇尾，使无形无痕的岁月，好像看得见摸得着。他怎么会想出这么奇妙的比喻呢？大家知道，比喻是作家天才的标志，因为奇妙的比喻来于奇特的想象。无论是文学、艺术、社会科学、自然科学，原创性的成果都离不开想象，没有想象就没有创新。陶渊明、李白、苏轼都是想象极其丰富的诗人，他们像变幻无穷的魔术师，在他们笔下一个接一个地涌出奇妙的想象。

不妨自己试试看，如果我们来写除夕诗歌，会不会从年尾想到蛇尾呢？此外，我们还会不会想到别的比喻呢？现在小孩学习古代诗歌，除了培养自己细腻的审美能力，训练自己语言的表达能力，更重要的是培养自己的想象能力，这比所有能力都重要得多。

　　其次，这种开头古人叫"逆起"，也就是从标题或诗旨相反的方面起笔。此诗的标题不是《守岁》吗？"守岁"就是守住岁月不让它溜走，苏轼偏偏说除夕年尾守岁，就像拖住即将入坑的长蛇蛇尾，根本就是徒劳无功。为什么要用"逆起"呢？一是这样的开头会让人感到"突兀"，大大地出乎人的意料，激起我们想"一探究竟"的好奇；二是使诗歌有迎面耸立的气势，一开头便"壁立千仞"。

　　中间六句是第二节，正面写家乡守岁的情景："儿童强不睡，相守夜欢哗。晨鸡且勿唱，更鼓畏添挝。坐久灯烬落，起看北斗斜。"前两句勾起了我对儿时守岁的温暖回忆。小时在乡下，每年除夕守岁我也是"强不睡"，哪怕眼皮打架也决不上床，赖着要和大人一起守岁。那天夜晚家里生了火盆，还有吃不完的零食，而且不管怎么疯怎么闹，都不会挨父母的责骂和巴掌。"欢哗"一作"喧哗"，指大声地戏耍吵闹。小孩赖着守岁是贪玩好吃，大人守岁是留恋即将过去的光阴，所以传语晨鸡不要打鸣，晨鸡一打鸣就是新年来临，也害怕更鼓的鼓声越来越多，因为五更的更鼓宣告旧年结束。这两句写成人守岁的心理异常细腻，等到一年将尽，才知道珍惜光阴，等到时间走了，才追问"时间去哪儿啦"？此时此刻，他们与其说是辞旧，还不如说是恋旧，与其说是迎新，还不如说是惧新甚至拒新。明知抓不住岁尾，可还是要守岁，这是对自己荒废时光的忏悔。"共欢新故岁，迎送一宵中"，除夕之夜家家火炉旁边，有几个人能像唐太宗这样欢快自豪呢？其实天明与鸡鸣并没有丝毫关系，不是鸡鸣才天明，而是天明才鸡鸣。前一句叮嘱"晨鸡且勿唱"，且不说晨鸡是否听话，即使晨鸡真的不唱，天照样还是要亮。"坐久灯烬落，起看北斗斜"，因守岁坐了很长时间，油灯里的灯烬快要落尽，起身一看北斗已经偏斜，旧岁比"赴壑蛇"还溜得快，不知不觉中已入新年！这两句写的是守岁的切身经历，纪晓岚说"十字真景"。

中间六句写除夕守岁的真景真情，将儿童除夕的嬉戏打闹，与成人守岁的留恋失落作对比，把不同的心态衬托得格外鲜明。

最后四句为第三节。开头说守岁徒劳无益，结尾又归结说岁仍应守下去："明年岂无年？心事恐蹉跎。努力尽今夕，少年犹可夸。""起看北斗斜"用不着紧张，旧岁溜走了也不必失望，难道明年就没有岁月了吗？怕只怕明年又是蹉跎岁月。要努力就从今夜开始吧，现在争分夺秒还不算太迟，好在我们都还比较年轻，还有可以夸耀的资本（此时苏轼二十八岁，弟弟苏辙二十六岁）。这四句一扫前面的失落低沉，清代诗人赵克宜说结尾"精神逆出"。其实，结尾是在勉励弟弟，又何尝不是在自勉呢？

到此，不必再谈此诗写法如何"逆起"，比喻如何奇妙，章法如何跌宕，只着重谈谈年轻苏轼"努力尽今夕"的积极态度，"少年犹可夸"的乐观精神，以及他对自己和弟弟的高度期许。

许多人并不缺乏宏图大志，只缺乏实现宏图大志的毅力。朋友，只要我们有"努力尽今夕"的决心，有从现在干起的紧迫，不仅"少年犹可夸"，即使老了也不可怕。干事业任何时候都不嫌晚，关键是要切记——

"努力尽今夕"！

2019年12月28日

"世变真难料，吾痴只自嘲"

——陶渊明与杜甫的自嘲

一、人生的无奈和无解

2019年3月27号，一个名为"996.ICU"的项目在GitHub上传开，受众可自行添加自己熟知公司的加班情况，华为、京东、阿里等大公司均赫然上榜。马云、刘强东等人相继发声，振振有词地为"996工作制"辩护，为这场原本激烈的争议火上浇油，特别是马云那句"能做996是一种巨大的福气"，引起加班族朋友强烈的反弹。

"996工作制"就是每天早9点上班，晚9点下班，每周工作6天。ICU即重症加强护理病房（Intensive Care Unit）的英文缩写。"996工作制"早在我国各大公司盛行，也早已使加班族们筋疲力尽。他们为什么十分厌倦加班，却又不得不加班呢？马云的"福报"说道出了个中原因："今天中国BAT（百度、阿里巴巴、腾讯）这些公司能够996，我认为是我们这些人修来的福报。你去想一下没有工作的人，你去想一下公司明天可能要关门的人，你去想想下一个季度公司的Revenue（收入）在哪里都还不知道的人，你去想想你做了很多努力的程序根本没有人用的人……"

公司希望利润能无限大，又希望开支能无限少，缩减开支最便捷的办法，当然是用最少的人干最多的活；要使最少的人干最多的活，最经济的办法当然是加班。于是，程序员变成了自动运转的"程序"，操作机器的职工变成了不关机的"机器"。饱受"996"之害的"加班狗"为什么不甩手而去呢？他们要想好好活下去，就必须拼命地干下去，大批候补者正站在门外，只要你一甩手，马上就有人接手。

正如马云说的那样，相比于那些"没有工作的人"，"能做996是一种巨大的福气"。

对于"996工作制"，人们声讨归声讨，加班还是照加班。

这就是今天社会的现实，它是生活的无奈，也是人生的无解。

二、"不如意事常八九"

前不久一家网络巨头公司采访我说，"戴教授，如果可以，您愿意穿越到哪个朝代"？说实话，只有少男少女才会提这类问题，因为只有少男少女才会有这类幻想。我这个年龄很少想入非非，自然很少考虑这类问题。普希金曾经说过，"一切过去了的，都将成为美好的回忆"。无论是历史学家，还是普通大众，常常在想象中把某些朝代美化了。哪个朝代都有哪个朝代的烦恼，古今中外概莫例外，任何一个朝代都是几家欢乐几家愁，都有成功与失败，幸运与倒霉，赤贫与巨富，欢笑与哭泣……差别只在于不同朝代二者比例不同。

《庄子·盗跖》有一段名言："人上寿百岁，中寿八十，下寿六十，除病瘦死丧忧患，其中开口而笑者，一月之中不过四五日而已矣。天与地无穷，人死者有时。操有时之具，而托于无穷之间，忽然无异骐骥之驰过隙也。"这段话的大意是说，人高寿不过百岁，中寿不过八十，低寿只有六十，除开生老病死这些忧患，能开口而笑的时候，一个月只有四五天而已。岁月无穷而寿命有限，人一生真像白驹过隙那样快。庄子由欢乐苦短忧患恒多的现实，得出了人生要及时行乐的结论。

正因为庄子道出了人生残酷的一面，节日喜庆的时候，大家才常常会祝愿"万事如意"。谁都明白，"万事如意"仅仅是一种美好的祝愿，而且还是人们的一厢情愿。再说，"万事如意"既不可能，也不可贵。如果一生真的"万事如意"了，你也体验不到"如意"的快乐，甚至弄不清楚自己到底混得如不如意，这就是人们常说的"生在福中不知福"。

也许"自古诗人多薄命"吧，古代诗人极少有"万事如意"的幸运，更多还是不断哀叹流落不偶或命运多舛。屈原一方面愤慨"何桀纣之猖披兮"，一方面又痛恨自己"路幽昧以险隘"（《离骚》），当自己理想破灭以后，他以沉江自尽来守护人格的高洁。同样，李白高歌"人生得意须尽欢"的时候少，喟叹人生"行路难"的时候多。当然，即使处在人生的低潮，李白情绪也不一定低落，一旦觉得"人生在世不称意"，他立马就"明朝散发弄扁舟"。刚刚还感到人生已经无路可走，"欲渡黄河冰塞川，将登太行雪满山"，转脸又坚信"长风破浪会有时，直挂云帆济沧海"。任何情况下，李白都不会像屈原那样走向毁灭，甚至不会像今人这样长期抑郁焦虑。

有"人生在世不称意"这种感受的诗人很多，但敢于"明朝散发弄扁舟"的诗人很少，他们不是没有李白那样耍大牌的本钱，便是没有李白那样藐视一切的气概。面对生活的重负、人生的磨难、疾病的折磨、命运的不公、政治的倾轧、朋友的暗算……大多数诗人不得不默默地忍受，只能眼泪往肚里流。

哪怕没有遭遇天灾人祸，诗人们仍旧哀叹"欢乐少兮哀怨多"（刘辰翁《大圣乐》），以致欧阳修在《梅圣俞诗集序》中说："予闻世谓诗人少达而多穷。夫岂然哉？盖世所传诗者，多出于古穷人之辞也……然则非诗之能穷人，殆穷者而后工也。"这里的"穷"主要不是指口袋里没有钞票，而是说在仕途上混得十分潦倒。当然这二者息息相关，古代读书人要是仕途上潦倒，口袋里自然没有钞票。欧阳修从流传后世的诗都出自穷人，断言诗人们一般都混得不好，这倒不是诗使人穷愁潦倒，而是穷愁潦倒后才能写出好诗。得志的人容易得意，一旦得意便容易浅薄，浅薄轻浮的诗情哪能感人？韩愈在《荆潭唱和诗序》中对此深有体会："夫和平之音淡薄，而愁思之声要妙；欢愉之辞难工，而穷苦之言易好也。"

见人而人讨厌，遇事则事多违，触物便物多忤，如南宋后期诗人方岳《别子才司令》：

不如意事常八九，可与语人无二三。

自识荆门子才甫，梦驰铁马战城南。

此诗前两句成了明清小说戏曲的套语，也成了人们常用的成语。首句出自魏晋之际的羊祜："天下不如意，恒十居七八。"方岳把它说得更简洁好懂，又加上后一句成为巧对。"不如意事"指讨厌的事情或事物，"常八九"是说常常十有八九。"可与语人"指可以交流理解的人，"无二三"是说没有几个。两句合起来便将人生的不顺心说全了：在我们日常生活中，烦心的事常有，知心的人难逢。鲁迅给好友瞿秋白手书了一副清人何瑗的集字联："人生得一知己足矣，斯世当以同怀视之。"

陈师道在《寄黄元》里，说的也是这种人生的无奈："俗子推不去，可人费招呼。世事每如此，我生亦何娱！"惹人生厌的俗物躲不掉，喜欢的"可人"招不来，这日子真的烦透了！他的《绝句》把这一感受说得更加生动精彩：

书当快意读易尽，客有可人期不来。

世事相违每如此，好怀百岁几回开？

首句"书当快意读易尽"，爱读书的人都会深有同感，特别喜欢的书眨眼就读完了，不喜欢的书读起来特别慢，书与人在这点上十分相似。俗话不是常说"酒逢知己千杯少，话不投机半句多"吗？苏轼酷嗜陶渊明诗歌，他说强迫自己每天读陶诗不超过一首，怕读完了陶诗，他以后不好打发时光。诗人往往特别细腻敏感，敏感的心灵特别容易孤独，有时盼望和心心相印的朋友交流，这种朋友恰恰不像说到就到的"曹操"。爱读的书容易读完，想见的朋友不易见到，所以诗人说"世事相违每如此，好怀百岁几回开"。这两句是对前两句现象的概括和升华，千百年来引起无数人的共鸣，是因为"事与愿违"是生活的常态，而"天随人愿"则是意外和侥幸。没有阅读习惯的朋友，可能体会不到"书当快意读易尽"的遗憾，心理强大或感情粗犷的朋友，也可能感受不到"客有可人期不来"的凄清，但他们在其他方面肯定也有"事与愿违"的苦恼，更会有"好怀百岁几回开"的怅然。

如果说陈师道这首诗倾诉的不过是文人淡淡的孤寂、小小的不如意，那么黄景仁的《杂感》，则表现的是文人的轻蔑和傲兀。一旦认为"老子天下第一"时，你看任何人都极不顺眼：

> 仙佛茫茫两未成，只知独夜不平鸣。
>
> 风蓬飘尽悲歌气，泥絮沾来薄幸名。
>
> 十有九人堪白眼，百无一用是书生。
>
> 莫因诗卷愁成谶，春鸟秋虫自作声。

哪怕伟大诗人杜甫也未能免俗，年轻的杜甫目空一切，"会当凌绝顶，一览众山小"，他同样也是"脱略小时辈，结交皆老苍。饮酣视八极，俗物多茫茫"（《壮游》）。要是我们有幸和杜甫同时，大家也可能只是杜甫眼中的茫茫"俗物"。杜甫中晚年以后超越了自我，随着胸襟越来越博大，待人也就越来越仁慈谦和。

黄景仁一生都停留于自傲和自恋："故家庭院水般清，手捻花枝一笑成。乍见还惊却回顾，不恒风调太憨生。"这是《岁暮怀人二十首》之十九，是友人或情人形象的写照，也是自己风调的"临水自照"。如此性格作诗，当然很酷很有个性，但要想做官或成事，就不大可能了。难怪他年轻时自责"仙佛茫茫两未成，只知独夜不平鸣"（《杂感》），死前还在自怨自艾地说"读书击剑两无成，辞赋中年误马卿"，年轻时"天涯涕泪自交流"（《途中遭病颇剧怆然作诗二首》之二），死前依旧是"江山惨淡埋骚客"
（《寄洪对岩》之二）。穷、愁、怨、恨成了他诗歌的情感基调。
如此处境，如此心境，既使他早熟，也使他早天。早年还自信
"莫因诗卷愁成谶"，晚期还真的因愁成谶，他短短一生都是愁
眉苦脸。

三、陶渊明：把生命活成一首诗

其实，中国古代大诗人中，没有一个不经受磨难的。不是生
活陷入穷困，便是遭受政敌迫害，抑或子弟都不成材，甚至濒临
死亡边缘。但他们大多能笑对人生一切灾难，不以得失而动心，
不因寿天而忧喜。

先来看看陶渊明。

陶渊明自称"少年罕人事，游好在六经"（《饮酒二十首》之
十六），儒家思想的熏陶使他很早就养成了入世情怀，他不仅有
"猛志逸四海"的豪情（《杂诗十二首》之五），也有过"大济于
苍生"的壮志（《感士不遇赋》），更有"慷慨绸缪"的雄心（《杂
诗十二首》之十）。可是，他的气质个性与他的斗志雄心相反，他
说自己"少无适俗韵，性本爱丘山"，把自己出仕说成"误落尘网
中，一去三十年"。他在《辛丑岁七月赴假还江陵夜行涂口》一
诗中也说："闲居三十载，遂与尘事冥。诗书敦宿好，林园无世

情。……商歌非吾事，依依在耦耕。投冠旋旧墟，不为好爵萦；养真衡茅下，庶以善自名。"四十岁时所写的《始作镇军参军经曲阿作》也表露过同样的心迹："弱龄寄事外，委怀在琴书。被褐欣自得，屡空常晏如。……目倦川途异，心念山泽居。望云惭高鸟，临水愧游鱼。真想初在襟，谁谓形迹拘。聊且凭化迁，终返班生庐。"四十一岁那年辞官彭泽县令，"久在樊笼里，复得返自然"，总算选择了自己喜欢的活法。

当然，要满足"性本爱丘山"的"宿好"，他无疑必须付出生活的代价。

你看陶渊明刚辞彭泽县令时"载欣载奔"的冲动，"舟遥遥以轻飏，风飘飘而吹衣"，他高兴得快要"飘"起来了，这时完全陶醉在"复得返自然"的兴奋中。但很快他就尝到了生活的艰辛，大家知道他种田的水平很糟，即使"晨兴理荒秽，带月荷锄归"，还是种成"草盛豆苗稀"。为了活命，不得不挨家乞讨，归田不到三年，旧宅就遇火。"正夏长风急，林室顿烧燔，一宅无遗宇，舫舟荫门前"(《戊申岁六月中遇火》)，原先"方宅十余亩，草屋八九间"都化为灰烬。果腹家无余粮，蔽身上无片瓦，人生差不多被逼入了绝境，再加上那几个宝贝儿子都和书有深仇大恨。

用今天的话来说，既没有谷子，也没有房子，又没有票子，还外加几个傻儿子，想想陶渊明过的是什么日子？

对不起，我们大家都错了，陶渊明可从没唉声叹气，也从不愁眉苦脸。人家一到春天就"袭我春服，薄言东郊"，秋天更忘不了"采菊东篱下，悠然见南山"，他的内心世界一片光风霁月。

他为什么能如此洒脱超然？他为什么能超越人生苦难？

任何人的超脱，都要通过灵魂的搏斗，都得经由内心的激荡冲突，才归于恬淡宁静。人一生在现实世界中有许多坎，在精神世界同样也有许多坎，等我们一道坎一道坎地迈过。迈过了现实世界的坎，我们人生的道路才变得更为广阔；迈过了精神世界的坎，我们精神上才觉得雨过天晴。

和任何一位胸怀大志的诗人一样，陶渊明眼见"日月掷人去，有志不获骋"，也时常"念此怀悲凄，终晓不能静"（《杂诗十二首》之二）。可当连续四处碰壁之后，他终于明白功名并不取决于自己的才华与努力，他在《感士不遇赋》中感叹道："何旷世之无才，罕无路之不涩；伊古人之慷慨，病奇名之不立。"要想成就一番功业，就必须委身官场。对他来说，委身官场就如同进入牢笼，自己要是为功名所累，就肯定招致自己"为人所羁"。不超越功名欲望，人生就别想洒脱自在，因此，他在现实面前做出了人生抉择："宁固穷以济意，不委曲而累己。"（《感士不遇赋》）。

他把自己的生命活成了一首诗。

四、借种豆自嘲

超越了功名之累，还得面对贫富难题。《红楼梦》中的《好了歌》说"世人都晓神仙好，只有金银忘不了"，更何况陶渊明"弱年逢家乏，老至更长饥"（《有会而作》）。如果待在彭泽县令的位置，不只一家衣食无忧，而且"公田之利，足以为酒"，但违背自己的良心，扭曲自己的本性，比起饥寒更为痛苦难熬，所以他宁可"养真衡茅下"，果断地"守拙归园田"。归田后他体认到勤劳耕种是人生本分："人生归有道，衣食固其端；孰是都不营，而以求自安？"（《庚戌岁九月中于西田获早稻》）可是，他种田的技术真不敢恭维，哪怕他再辛苦劳累，也不能使一家免于饥寒。我们来看看他《归园田居五首》之三是如何一本正经解嘲的——

> 种豆南山下，草盛豆苗稀。
>
> 晨兴理荒秽，带月荷锄归。
>
> 道狭草木长，夕露沾我衣。
>
> 衣沾不足惜，但使愿无违。

"种豆南山下"五字，古人所谓"郑重其言"，也就是诗人非常郑重其事地告诉读者，我在庐山脚下种豆了！我们大家以为他的豆种得蛮好，不料他突然来一句"草盛豆苗稀"，原来他的豆苗地里，豆苗稀稀拉拉没有几棵，野草反倒比豆苗长得更为茂盛。前句如此庄重宣告，后句豆苗却如此糟糕，读后让人不禁哑然失笑，觉得比"大山临盆"更为滑稽。从章法技巧上说，古人把这称为"跌宕"，西方新批评派把这种手法称为"打破读者期待"。

"打破读者期待"很好理解，"跌宕"有待进一步说明。古人所谓"跌宕"，就是通过音调的高低或行文的起伏，形成语音的抑扬顿挫或文气的波澜曲折。

如首句"种豆南山下"五字，给人的印象是"高大上"。我的天，庐山是多么雄伟美丽，种豆庐山下又是多么美妙，我们都以为他种得特别好，不然怎么会郑重地向大家宣告？第一句语气说得越庄重，第二句给人期待的落差就越大，所产生的戏剧效果就越强。看到种成"草盛豆苗稀"，大家以为，不是对种豆心不在焉，就是耕种实在太懒。没想到他又让我们大跌眼镜，我们的伟大诗人对于种豆，可是又上心又吃苦："晨兴理荒秽，带月荷锄归。"天还没有亮就下地锄草，月亮出来后才荷锄归家。人家"披星戴月"地种豆，还是种成个鬼"草盛豆苗稀"。行文又再次形成跌宕，再次打破了我们的"期待"。前面四句酷似相声中"三翻四抖"的包袱，包袱翻的次数越多，最后包袱就抖得越响。

五、六句紧承第四句而来："道狭草木长，夕露沾我衣。"晚归的山间小道狭窄崎岖，道上和两旁野草杂树又长又密，夕露把归人的衣服全沾湿了。这两句的潜台词是：种田真是辛苦呵！结尾的七、八句"衣沾不足惜，但使愿无违"，"衣沾"用修辞的顶针格，紧接上句的"沾我衣"，从语言形式上看是顺承，从诗的语意上讲是逆转。五、六句隐含的意思是说，种田不仅要起早贪黑，白天地里要出一身汗，晚上回家路上还要沾一身露水，种田实在是艰难辛苦。结尾诗人突然一转，只要能"养真"，只要能"守拙"，只要能守护人的真性，辛苦算得了什么，露沾衣又算得了什么？清代桐城派方东树评最后两句说："末二句另换意。古人之妙，只是能断、能续、能逆、能倒找、能回曲顿挫，从无平铺直衍。""末二句另换意"就是"能逆"，语意上陡转或逆转。

《苏轼文集》第六十七卷《书陶渊明诗》说："览渊明此诗，相与太息。噫嘻，以夕露沾衣之故而犯所愧者多矣。"由于怕"夕露沾衣"之苦，而做许多亏心事的人太多了！这首诗是诗人一本正经地自嘲：为了不做亏心事，为了自己的"愿无违"，我选择"种豆南山下"，种成了"草盛豆苗稀"的鬼样子。嘻，值！

五、拿儿子开涮

他不只是拿自己种豆自嘲，还特地写了《责子》诗，专拿自己的几个儿子说事：

白发被两鬓，肌肤不复实。

虽有五男儿，总不好纸笔。

阿舒已二八，懒惰故无匹。

阿宣行志学，而不爱文术。

雍端年十三，不识六与七。

通子垂九龄，但觅梨与栗。

天运苟如此，且进杯中物。

这首诗约写于义熙六年（410）前后，陶渊明的生卒年迄无定论，这时他大概四十六七岁。他五个儿子分别叫俨、俟、份、佚、佟，小名依次叫舒、宣、雍、端、通。此诗中都是直唤小名。生俨（诗中"阿舒"）时，陶渊明二十六岁，约二十八岁得俟（宣），二十九岁得孪生兄弟份（雍）、佚（端），这弟兄四人为原配夫人所生。陶渊明三十岁丧妻，三十二岁续弦，继室翟氏夫人为当地望族，三十四岁得幼子佟（通）。

和我们常人一样，陶渊明年轻时就望子心切，长子阿舒刚一生下来，他就急急忙忙地写下《命子》诗，告诉襁褓中的儿子说："顾惭华鬓，负影只立。三千之罪，无后为急。"这四句的意思是说：小子，你听着，你爸爸虽不满三十，但已经两鬓染霜，一个人常常形单影只地发呆，害怕陶家香火断在自己手上，头胎就生了你小子别提有多高兴。接下来写得更为近情："厉夜

58

生子，遽而求火。凡百有心，奚特于我！既见其生，实欲其可。人亦有言，斯情无假。日居月诸，渐免子孩。福不虚至，祸亦易来。夙兴夜寐，愿尔斯才。尔之不才，亦已焉哉！"这一段翻译成白话是说：就像一个生癞疮的人夜晚生孩子，连忙找火把来看个究竟，生怕小孩像自己一样难看。这是人之常情，我绝不是个特例。既然已经盼到了你小子出生，当然也希望孩子将来有成。随着岁月流逝，你会慢慢长大成人。小子，你给我听好了，幸福不会凭空降临，灾祸倒容易找上门。只有早起晚睡地拼命学习，你以后才可能成为栋梁之材。要是你将来不能成才，我也只有听天由命了。

十几年的时间里，陶渊明连续生了五个儿子，"无后为急"倒是免了，但对儿子们的热望变成了失望。他那五个儿子像比赛似的，一个比一个懒，一个比一个笨。

今天，许多家长都为儿女的教育头痛，小孩成绩不好是父母的心病，高考落榜更是难以启齿的"家丑"。或许是想分享自己内心的喜悦，或许只是炫耀一番自己的"得意之作"，总有那么一些喜欢夸孩子的父母，把孩子当作自己的财产。孩子一旦考上北大、清华，像自己的财产陡然增值似的。孩子考场上稍一失手，马上就是又打又骂，在外人面前更是不敢抬头。

相反，陶渊明对小孩是否成才的问题，心态异常地坦然豁达。他像天下父母一样"愿尔成才"，要是他们"尔之不才"，他的情绪反应是"亦已焉哉"。用今天的话来说，不能成才也就罢了，我照样还是爱他们。《责子》诗就是批评小孩们不读书，把儿子们的"家丑"一件件抖出来，拿自己小孩不读书来开涮。

首句"白发被两鬓，肌肤不复实"，站在读者面前的陶渊明，两鬓全是白发，脸上布满皱纹，肌肉全都松弛。这是说自己已经老了，他夫人也已经过了生育年龄，为陶家光宗耀祖只能靠眼下的几个儿子了。然而，"虽有五男儿，总不好纸笔"，三、四句以逆笔形成顿挫。自己垂垂老矣，本指望儿子重振家声，可是虽然有五个男儿，他们却都不喜欢学习，都和纸笔结了深仇。这两句是全诗的总绾，下面再分别数落"五男儿"的"劣迹"——

老大"阿舒已二八，懒惰故无匹"，阿舒这小子已经满十六岁，懒惰起来天下无敌，用今天的网络语言来说，已经是骨灰级懒汉了。就内容而言，当然是指责，可从语气来品味，又像在调侃。老二"阿宣行志学，而不爱文术"，阿宣这混蛋快满十五岁了，一听说读书作文就头疼。"行"就是快要、将近的意思。"志学"语出《论语·为政》："子曰：'吾十有五，而志于学。'"后人因而以十五岁为志学之年。人家圣人到十五岁就发愤学习，阿宣这宝贝到十五岁却讨厌读书。句中用"而"字转折，给人以"大出意外"的感觉，把常人和圣人对比本身就有点搞笑。更搞笑的要数老三、老四这对双胞胎："雍端年十三，不识六与七。"这弟兄俩不仅是一块儿生一块儿长，而且还一样懒一样笨。两人都到十三岁了，竟然还不认识六与七，那恐怕就更不明白他们十三岁，恰好是六与七相加之和了。如果我在这儿对大伙说，我儿子今年十三岁了，但他还不认识六和七，更不懂他十三岁就是六与七之和，大家肯定要爆笑；如果我两个儿子都是这样，你们肯定要笑死在这里。陶渊明如此爆料家丑，你们猜猜看，他到底是自嘲，还是自黑，抑或自贬？最后的儿子呢？"通子垂九龄，但觅梨与栗"，"垂"就是将要或快要的意思。小儿阿通快九岁了，只知道找梨子和栗子，你说这是馋还是傻？

自己和妻子不可能再生，五个儿子一个比一个笨，这要是落在我们身上，且不说五个孩子都这样，只要有一个孩子是这样，不把我们急死，也会把自己气疯。孩子成了父母的心病，父母也成了孩子的仇人。

陶渊明和我们大家不同。他几个儿子都不爱读书可能是真，都没有实现他"愿尔成才"的期望也是真的，但陶渊明接受了这一事实。"天运苟如此，且进杯中物"，"天运"就是天命或命运，"杯中物"就是酒。这两句是说：假如天命就是这样安排的，那我还有什么可说的呢？我们还是拿起杯来饮酒吧。陶渊明在他的诗文中说，"曷不委心任去留"，"甚念伤吾生，正宜委运去，纵浪大化中，不喜亦不惧"。"委心"就是听从自己内心的召唤，"委运"就是接受命运或自然的安排。"委心"和"委运"正是他的人生态度，对自己如此，对孩子如此，对生死也是如此。"既见其生，实欲其可"是人之常情，希望儿子快快出生，又希望儿子长大成才，这是他所说的"委心"。最后儿子不那么杰出，他们都不喜欢读书，这是天意或天运，他坦然接受既成的事实，这就是他所谓"委运"。儿子不管成不成龙，一点也不影响他享受天伦之乐，任何情况下他都爱他们。

诗名虽然是《责子》，你们可细读全诗就会发现，并没有恶言厉色地指责，反而是和颜悦色地调侃。从陶渊明对孩子的称呼上，我们就不难看出他是一位通达的慈父，他亲切地称儿子的小名，阿舒、阿宣、雍、端，小儿不叫他"阿通"，而是亲切地叫他"通子"。这倒应验了"多年父子成兄弟"的名言，像"阿舒已二八，懒惰故无匹""雍端年十三，不识六与七""通子垂九龄，但觅梨与栗"，这活像平辈之间的玩笑，你听起来是责骂还是调侃？你觉得好气还是好笑？

古代对这首诗的评论至今异议纷纭。杜甫《遣兴五首》之三说："陶潜避俗翁，未必能达道。观其著诗集，颇亦恨枯槁。达生岂是足，默识盖不早。有子贤与愚，何其挂怀抱。"杜甫看来还没有真正理解陶潜，他们两人对诗歌和人生的理解相差太远。"避俗"并不是"割爱"，正因为"有子贤与愚，何其挂怀抱"，我们才觉得陶渊明可亲，不论孩子贤愚都爱他们，我们才觉得陶渊明可爱。杜甫本人也多次夸子忆子，动不动就说"骥子好男儿"（《遣兴》），"骥子春犹隔"（《忆幼子》），不是夸他"诵得老夫诗"（《遣兴》），就是称他"聪慧与谁论"（《忆幼子》）。我们都有点夸子癖，杜甫也未能免俗。要是陶渊明与杜甫现场演讲，一个赞誉儿子的聪慧无与伦比，一个调侃儿子的懒惰天下无敌，你愿意去听他们谁的演讲呢？

宋代黄庭坚可能更得陶渊明之心，他在《书陶渊明责子诗后》说："观渊明之诗，想见其人岂弟慈祥、戏谑可观也。俗人便谓渊明诸子皆不肖，而渊明愁叹见于诗，可谓痴人前不得说梦也。"他从此诗中读出了陶渊明内心的恬静、为父的慈祥，以及为人的通达诙谐。

古人把儿女看作是自己生命的延续，今人也把儿女视为自己事业的一部分，儿女的成败与自己息息相关，所以儿女聪明就扬眉吐气，儿女不才自己也抬不起头。用诗来嘲笑儿子"总不好纸笔""懒惰故无匹"，其实是诗人在自嘲。没有超越世俗的名利得失不敢自嘲，没有幽默豁达的个性不会自嘲。

陶渊明不仅超越了得失，而且也勘破了生死，所以他既调侃自己的小孩，也和死神开起了玩笑。他把死亡看成是人生的自然归宿，认为个体"既来孰不去？人理固有终"，所以每个人"应尽便须尽，无复独多虑"（《五月旦作和戴主簿》）。他死前写好了追悼自己的《自祭文》，还写了《拟挽歌辞三首》，其中第一首说："有生必有死，早终非命促。昨暮同为人，今旦在鬼录。魂气散何之，枯形寄空木。娇儿索父啼，良友抚我哭。得失不复知，是非安能觉！千秋万岁后，谁知荣与辱？但恨在世时，饮酒不得足。"

古希腊伊壁鸠鲁认为死亡不属于生命：我们在，死神就没来；死神来了，我们就不在，所以死亡没有什么可怕的。这个观点的荒谬之处在于，人不是没有思想情感的动物，他能预知死亡的必然性，死亡虽然不属于生命，但它是生命的最终归宿，而人恰恰是一种有死亡意识的动物。陶渊明对生死的认识比伊壁鸠鲁通透得多，既然人人"有生必有死"，害怕和拒绝死亡不是愚蠢吗？他说死倒没有什么，"但恨在世时，饮酒不得足"，唯一的遗憾是活着的时候酒没喝够。连死都不萦于怀，只可惜再也喝不成酒了。既不怕死，又热爱生，这是生命的大智慧，是人生的大幽默。陶渊明的幽默不是说一两句俏皮话，不是卖一点小关子，更不耍一点小滑头，而是超越世俗后的洒脱，源于生命深处的睿智。

最高境界的幽默就是自嘲，最为厚道的幽默也是自嘲，最为自信的幽默还是自嘲。只嘲笑人家的小孩那是心理阴暗，只嘲笑别人而从不自嘲的人那是尖酸刻薄。

六、杜甫的"解嘲"

杜甫自道其创作特点是"沉郁顿挫"，害得读者以为杜甫整天心情沉郁，说话时语调也总是抑扬顿挫。其实，杜甫并没有天天哭丧着脸。他虽然在《堂成》一诗中说过"旁人错比扬雄宅，懒惰无心作解嘲"，但实际上，他并非无心自解嘲，而是经常自我解嘲。

"烂漫通经术"的杜甫，儒家忠义仁爱是他思想的底色，他入世之心很迫切——希望"立登要路津"，对自己的才能又极其自负——"自谓颇挺出"，政治理想也极其高远——"致君尧舜上，再使风俗淳"，可现实却非常残忍——"纨绔不饿死，儒冠多误身"。

他和李白等盛唐诗人一样，自我感觉也是好得出奇，认为凭才华应"立登要路津"，要马上在官场上卡个好位置。天宝五载（746），杜甫西入长安，次年唐玄宗诏天下凡通一艺以上者赴京师就选，他怀着满腔热情应试。李林甫害怕应试对策揭露其奸恶，黜落了所有应试者，并向唐玄宗献上"野无遗贤"的贺表。杜甫不明不白地吃了一闷棍，在仕途上不得其门而入。

这期间，杜甫不断向权贵赠诗，多次向朝廷献赋，但一直到天宝十四载（755），他仍然像今天的许多"北漂"一样，一直是一个"长漂"。天宝十载（751）正月，唐玄宗举行祭太清庙、太庙、天地大典。既为了自己的前程，也为了全家的生存，杜甫这时具有极高的"政治敏感"，他迎合了皇帝的这三大盛典，头年冬天就向唐玄宗进献了《三大礼赋》。这三大赋才引起唐玄宗的注意，让唐玄宗对他的文才点头，并命杜甫待制集贤院，接受宰相对其文章的考试，好不容易才有了"参列选序"的资格。"参列选序"的意思是说，你现在可以排队等官了。

可他一等就是四年没有下文，想想这四年杜甫经受了怎样的煎熬！

挨到天宝十四载十月，总算给他安了一个河西县尉之职。河西县在哪个地方呢？闻一多《少陵先生年谱会笺》称"在今云南河西县境"，可当时此地属于南诏。郭沫若《李白与杜甫》称"在宜宾附近"，可唐代剑南道只设过一个河西县，辖区在今云南弥渡、姚安一带，还是闻一多所说的那个县。据今人考证，任命杜甫的河西县在今陕西合阳县黄河西岸，在长安东北面约二百公里处。

杜甫没有接受这一职位。

很快又改派右卫率府胄曹参军。杜甫接受了。

县尉一职不用解释，俗称的"九品芝麻官"。右卫率府胄曹参军还需说明，它的官位略高于县尉，属于从八品下的低级官吏，负责看守府内兵甲器杖，管理门禁锁钥。不要看右卫率府胄曹参军说出去好听，实际上就是兵库的一个保管员。因为它是京官，所以官位高于县尉。

让一位心高气傲的诗人，去当一个兵库保管员，今天看来，与其说是对他的任命，还不如说是对他的羞辱！

问题是，杜甫为什么拒绝县尉，却接受近于保管员这种官职呢？

历史上有种种猜测和辩解。有人说是不想欺压百姓，有人说右卫率府胄曹参军级别比县尉高一点，谁不想官位高一点呢？事实上，这两种官职无所谓高低，当县尉也许还有点实惠，当兵库保管员则只能与刀枪做伴。清人浦起龙说："尉职为人属吏，率府定是闲曹。"县尉是给人家帮忙的，忙是为别人忙，率府是个闲职，除非刀枪来找他，这两种官不是受辱就是无聊。

在我看来，杜甫接受右卫率府胄曹参军，是没有选择的选择，是无可奈何的举措。前不久已经拒绝了河西县尉，要是再拒绝右卫率府胄曹参军，朝廷还会有第三次任命吗？谁敢拍胸说肯定会有呢？假如没有第三次任命，杜甫一家总不能天天喝西北风。

"会当凌绝顶，一览众山小"，十几年前的杜甫目空一切；"李邕求识面，王翰愿为邻"，刚来长安时的杜甫何等自信；"致君尧舜上，再使风俗淳"，"鸿鹄之志"还不能形容杜甫志向的高远。

可现在竟然去当一个兵库保管员，人家可是"读书破万卷，下笔如有神"的诗人呵。

现实比所有演员都要滑稽。

杜甫在长安困守十年，从天宝五载进京，到天宝十四载任职，今天向权贵投诗，明天向皇帝献赋。用他自己的话来说，赖着脸去"朝扣富儿门，暮随肥马尘"，得到的只是"残杯与冷炙，处处潜悲辛"，换来的只是一个兵库保管员。

理想那么大，才华那么高，官职这么低。二者落差如此之大，心理压力自然更大。杜甫怎样缓解自己的心理压力呢？

七、黑色幽默

沉郁悲壮的人要是幽默起来，那可是地道的黑色幽默。来看看他的《官定后戏赠》：

> 不作河西尉，凄凉为折腰。
>
> 老夫怕趋走，率府且逍遥。
>
> 耽酒须微禄，狂歌托圣朝。
>
> 故山归兴尽，回首向风飙。

诗题中的"戏赠"，明王嗣奭《杜臆》认为，"'赠'字有误，当是'戏题'"。其实，"赠"字不误，此处是杜甫"赠"给自己。"官定后"他自己也觉得荒唐，"戏赠"其实就是自己调侃自己。

首联"不作河西尉，凄凉为折腰"，首句单刀直入，诉说自己拒绝河西县尉的原因。县尉是县令的佐官，主管一县捕盗缉贼察奸一类治安差使。对县令以上的长官要逢迎，对一县百姓又得凶狠。"拜迎长官心欲碎，鞭挞黎庶令人悲"（《封丘作》），便是他的好友高适做封丘县尉的心理写照。"怕折腰"是用陶渊明不为五斗米折腰的典故，只要杜甫在县尉位上，下属的天才就不得不对上级蠢材弯腰，杜甫还没折腰就觉得"凄凉"，高适折腰了更感到"心欲碎"。哪怕县尉实惠再多，也不愿意去做县尉丢人。只这一条理由，就不应做河西尉。

颔联是说为什么接受右卫率府胄曹参军："老夫怕趋走，率府且逍遥。""老夫"是说自己老了。此时他还只四十多岁，算是人到中年，但还不够称"老"的时候，这里主要还是指他精神上的疲倦。"趋走"指东奔西走地执行公务。第三句承上启下，一方面从生理年龄这一角度，进一步交代不做县尉的理由，另一方面解释为什么要做保管员。第四句意脉上一气顺承，说圣上让我当兵库保管员，真是太好了！管几枝棍棒几把刀枪，落得个逍遥自在，棍棒刀枪又不会和我闹矛盾，我想把它们怎么摆就怎么摆。

颈联是颔联的引申，从另一层面倾诉接受右卫率府胄曹参军的原因："耽酒须微禄，狂歌托圣朝。"真想放声高歌我朝厚恩，让我保管兵库，官从八品，有一些微薄的俸禄来酤酒，让我时不时过一下酒瘾！

尾联"故山归兴尽，回首向风飙"紧承上联，是说保管员这么美的差使，京城这么好的地方，常有酒喝这么好的日子，此时此刻歌颂圣朝都来不及，还要归隐故山，那不是闲得慌吗？狂风之中回首四顾，想想这些年的追求，看看眼前的处境，酸甜苦辣一齐涌上心来。

表面上看，你会以为杜甫对当兵库保管员高兴死了，兵库保管员这个职位真棒极了！他太喜欢当兵库保管员了！细读你就会明白，让一个"读书破万卷"的诗人，去一个兵库做保管员；不让一个"下笔如有神"的人提笔写诗，却让他去使枪弄棒，真是要多荒唐就有多荒唐！

再往深处想想，他死前还在"恋阙劳肝肺"，何曾向往过清闲逍遥呢？他终生矢志不渝的是"致君尧舜上"，哪会乐意当兵库保管员？

就朝廷而言，这四句是反讽；就个人来说，这四句是自嘲；就心理而论，这四句是给自己解套。

每个人面对自己做的选择，先得说服自己的选择不错。譬如一个女孩和前男友分手，后来又与另一个男孩结婚，可能换来换去一茬不如一茬，但她自己不愿也不能接受这个残酷事实，她必须心里不断告诉自己：我的选择不错，现在这个男孩虽然矮了一点，但人善良；虽然穷了一点，但人勤快；虽然笨头笨脑，但人实诚，孔子不是说过"木讷近仁"吗？这样想她心里就好受多了，她看自己的老公也顺眼多了，否则她与他就无法过下去了。

可杜甫心里亮堂着哩，他一边告诉自己当保管员再好不过，一边又清楚自己无奈的现实。他正儿八经说着反话，"戏赠"是自我调侃，也是自我解嘲，当然也是黑色幽默。一个想当宰相的人，让他去当兵库保管员，他手舞足蹈地说"正合我意""谢主隆恩"，你说是不是搞笑，是不是心酸？

八、听杜甫侃穷

古代士人仕途上的潦倒，必然造成生活上的贫穷。

杜甫三十多岁旅食京华十年，四十多岁才好不容易做了兵库保管员，但很快就碰上了安史大乱，连保管员也做不成。至德二载（757），也就是安史大乱第二年，他冒着性命的危险逃到凤翔，《自京窜至凤翔喜达行在所三首》就是写这次惊险经历，唐肃宗刚在那里即位。"所亲惊老瘦，辛苦贼中来"，一到凤翔"麻鞋见天子，衣袖露两肘。朝廷愍生还，亲故伤老丑"。俗话说"世乱识忠臣"，唐肃宗这回真的动了恻隐之心，第二个月便授他左拾遗。左拾遗的位置还没有坐热，又因上书营救宰相房琯触怒唐肃宗，不仅保不住头衔，差点还保不住头颅。多亏宰相张镐力救暂免惩处，但第二年六月贬官华州司空参军。在这个位置上待了近一年，第二年他就扔掉了这根鸡肋。他的侄儿杜佐当时正在秦州，还有朋友高僧赞上人也在那儿，他便携家来到秦州觅食，《秦州杂诗二十首》之一说："满目悲生事，因人作远游。"

没有想到来秦州后，侄子杜佐来看过他，"多病秋风落，君来慰眼前"（《示侄佐》），他也去看过和尚赞公，"相逢成夜宿，陇月向人圆"（《宿赞公房》），好像并没有得到他多少接济。秦州又不时受到吐蕃的侵扰，杜甫一家生活陷入绝境，他们常常靠橡栗和野菜充饥。又冷又饿又穷又孤独，因而就有自嘲名作《空囊》：

> 翠柏苦犹食，晨霞高可餐。
>
> 世人共卤莽，吾道属艰难。
>
> 不爨井晨冻，无衣床夜寒。
>
> 囊空恐羞涩，留得一钱看。

"空囊"就是没装钱的口袋。

像孟郊一叹穷就面有愁色，语带哭音。我们来听听杜甫如何侃穷。

"翠柏苦犹食，晨霞高可餐"，翠柏籽味苦犹可充饥，朝霞纵高仍然能食。这两句说没钱买粮，一家只好餐霞食柏。《列仙传》载，仙人"赤松子好食柏实"，道教典籍中仙人餐朝霞的记载更多。相传仙人餐霞饮露食柏延年，民间还常常调侃不吃饭的人说：想成仙啦？这两句一望即知是自我解嘲，说自己现在"空囊"无食，一家人只好餐霞成仙了。

一、二句讲"空囊"无食，三、四句写何以"空囊"："世人共卤莽，吾道属艰难。"卤莽指粗疏、蛮干，"世人共卤莽"指世人大多苟且贪婪，自己坚守道义自然日子艰难。这两句与"众人贵苟得，欲语羞雷同"（《前出塞九首》之九）意思相近。大多数人有奶便是娘，要是有人不食嗟来之食，这个人就可能无食可吃，就只好去餐霞食柏了。

接下来就写"空囊"之状："不爨井晨冻，无衣床夜寒。""不爨"是指没米不能开火，不做饭自然就不必打水，早晨井又因没打水而冰冻；"床夜寒"表明，不仅无衣而且无被。这一联上句写饥，下句写寒，真是饥寒交迫。

最后两句是全诗的亮点："囊空恐羞涩，留得一钱看。"一个大男人钱包空空如也，那真叫人难为情，无论如何要留一文钱看守钱包。"看"此处可作多义解，一是"看守"，二是"看看"。"看守"是就钱而言，让它看守钱袋；"看看"是就自己着眼，是说囊空恐怕有点"羞涩"，最后一文钱再缺钱也不能花光，让它留在钱袋里，一想钱的时候就拿出来看看，也好过过眼瘾。"看"作第二义解更加诙谐，想想杜甫摸钱出来看的样子就忍俊不禁。

印象中的杜甫不苟言笑，读者误以为他缺乏幽默感。其实，很多幽默都来于闷骚。整天嘻嘻哈哈的家伙，往往张扬浮浅，其拿手好戏是滑稽夸张的动作，很难从他们嘴里听到让人会心一笑的幽默。深沉严肃的人平时相对沉闷，在公众场合极少叽叽喳喳，他们的心理压力不易释放，内心因而也更为紧张，这样，他们只得以自嘲来舒缓紧张的情绪，也以自嘲来抚慰心灵的创伤。闷骚人偶尔的幽默自嘲，既让人感到意外惊喜，也使人觉得意味深长。

浦起龙说《空囊》"总皆自嘲自解之词"，它以诙谐幽默的笔调，写自己无食无衣的苦况，仿佛见到诗人带泪的微笑，见到诗人对贫穷的蔑视，全诗诙谐而不油滑，幽默而又有深度。

如果杜甫天天都板着脸，不是被"杀戮到鸡狗"的社会动乱击倒，就是被"艰难苦恨"的磨难吞噬，他就不可能在灰暗中见到光明，在沮丧时仍然充满希望。

2019年5月13日初稿于武昌

2019年5月28日定稿于北京

"人有悲欢离合"
——古代中秋诗词杂谈

中秋是我们民族的佳节，中秋诗词中有许多佳作，它们表现古代诗人在中秋之夜不同的生命体验，由此可以看到他们情感的丰富，可以感受民俗节日的奇妙，也可以领略生活的美好。

一、惊奇与崇拜

传统节日多源于天象崇拜。

天象崇拜又多源于惊奇。

中秋节的起源也是这样。

它由远古的秋夕敬月祭月演变而来，因而又称祭月节、月光诞、拜月节、月娘节、月亮节，后来称它为"团圆节"也与月亮有关。日与月在天空交替出现，是人们眼中两个最明亮的天体，自然成为先民最神秘的崇拜对象，有的部落可能就以月亮为图腾。许多地方有日神和月神祭拜活动，古时帝王春天举行日祭，秋天则举行月祭，中秋节就起源于月祭。

早先的"祭月节"，据说定在干支历二十四节气"秋分"这天，后来由于历法的融合演变，将"祭月节"调到了夏历八月十五日。夏历以月亮环绕地球一周为一月，把一个月称为"朔望月"。"朔"是每月的初一，"望"指每月十五。

"望日"刚好是月圆那天，八月刚好是农历仲秋，古时刚好"仲秋"与"中秋"通用，仲秋又刚好是秋高气爽的时候，于是，就有了"中秋月亮最端圆"的美景，也就有了民族的传统节日——中秋节。

三个月的秋天中，古人认为第二个月即八月最好，晚唐诗人李洞《中秋月》说："九十日秋色，今秋已十分"。顾名思义，"月亮"其美就在于"亮"，一年四季中的月亮，古人觉得要数中秋最为明亮，中唐诗人戎昱《中秋夜登楼望月寄人》说出了大多数人的感受："万里此情同皎洁，一年今日最分明。"

从古代的文学作品中，我们仍不难感受到先民对月亮的好奇和惊异，如屈原的《天问》困惑地问道：

日月安属？列星安陈？

出自汤谷，次于蒙汜。

自明及晦，所行几里？

夜光何德，死则又育？

厥利维何，而顾菟在腹？

《天问》的文字古奥难懂，不妨把上面这几句翻译成白话诗：

日月在天上如何隶属？众星在天空中怎样安置？

太阳凌晨从汤谷升起，晚上则在蒙汜那儿休息。

从天亮一直转到天黑，它一天究竟能跑多少里？

月亮又凭着哪些德性，竟然在死后又还能重生？

月中的黑点又是何物，难道兔子在它腹中藏身？

这些问题在今天用不着问天，去问一下身边的小学生也能回答，可在屈原那个时代，却是问天天不应，问地地不灵。月亮中肉眼看去的黑点，古人一直相信是兔子躲在月亮里，杜甫在《八月十五夜月》中也说："水露疑霜雪，林栖见羽毛。此时瞻白兔，直欲数秋毫。"

古代很多诗人对月亮十分好奇，即使不是中秋之夜，往往也会突发奇想，被闻一多许为有"夐绝的宇宙意识"的《春江花月夜》说：

江天一色无纤尘，皎皎空中孤月轮。

江畔何人初见月？江月何年初照人？

人生代代无穷已，江月年年望相似。

不知江月待何人，但见长江送流水。

"江畔何人初见月？江月何年初照人？"与稍后李白"青天明月来几时，我欲停杯一问之"，宋代苏轼"明月几时有，把酒问青天"，面对明月都是同样的迷惑，同样的惊叹。

即使科学发达的今天，又有谁清楚"江畔何人初见月"？又有谁知道"江月何年初照人"？这不仅关涉宇宙生成的具体时间，还关涉到人类进化的各个阶段，面对古人千百年来的提问，我们仍旧给不出准确的答案。

二、嫦娥散花

人们常说，科学发展到哪儿，想象就会萎缩到哪儿。

我曾对一位朋友开玩笑说，有时我特别痛恨美国佬，他们1969年7月20日首次登月，发现月亮上有凹凸不平的陆地，有起伏蜿蜒的山脉，有深浅不一的裂谷，有大小不等的月湖，还有千奇百怪的月海……但偏偏没有白兔捣药，也没有吴刚伐桂，更没有嫦娥奔月。

要是生活在今天，李白肯定不会再写《把酒问月》，苏轼

78

在中秋之夜也不会再有那么多奇想，辛弃疾也不会要吴刚多砍些桂树。

关于月亮，古代先民给我们留下许多美丽的传说，古代诗人更围绕月亮展开了无数奇特的想象。如晚唐著名诗人皮日休的《天竺寺八月十五日夜桂子》：

> 玉颗珊珊下月轮，殿前拾得露华新。
>
> 至今不会天中事，应是嫦娥掷与人。

这首诗抒写的是中秋习俗——月夜赏桂。

颗颗桂花像颗颗玉粒，从月轮上轻盈地飘落下来，"珊珊"是形容桂花飘坠时那种轻盈舒缓的样子，这让人想起王维的"人闲桂花落"。只不过王维的桂花是落自人间，皮日休的桂花是飘自月亮。诗人从天竺寺大殿前拾取它们，颗颗桂花还挂着晶莹的露水，还飘着沁人的香气。诗人把天竺寺大殿前的桂花，不仅说成是月亮上从天而降，而且还飘落得那般轻盈，那般优雅。

前两句为后两句埋下了伏笔：月轮上的桂花为什么会摇落人间呢？大家都知道"天意从来高难问"，诗人煞有介事地说"至今不会天中事"，我不知道天上发生了什么事情，何以把桂花从月轮洒向人间。是中秋节吴刚伐桂特别卖力，还是月亮上今年桂花特别茂密？抑或是玉皇爷今儿个普天同庆？假如这些原因都不对，诗人猜测说那就"应是嫦娥掷与人"，莫不是嫦娥中秋节一时兴起，把桂花撒向人间和我们共度中秋？

皮日休游天竺寺前一年高中进士，此刻在天竺寺中秋赏桂，良天、好景、赏心、乐事四美兼备。难怪诗人面对天竺寺桂花，有那么多奇思妙想，甚至连一向寂寞的嫦娥也心情大好，中秋节来个仙女散花与凡人同乐。我好像看到此时此刻的皮日休，满脸都挂着笑意，两眼闪烁着俏皮，似乎月亮中也洋溢着节日的喜气，嫦娥更笑得合不拢嘴。

三、嫦娥后悔

可李商隐的《嫦娥》，就没有皮日休笔下的嫦娥那么快乐了：

云母屏风烛影深，长河渐落晓星沉。

嫦娥应悔偷灵药，碧海青天夜夜心。

此诗主旨迄今尚无定论，是否别有所托也人言人殊，或认为"此诗似有所为，而借嫦娥以托意"（清黄叔灿《唐诗笺注》），或认为讽女道士学道求仙，享长生之寿而失夫妇之乐，或认为是借嫦娥以自喻，全诗是诗人自己孤寂心情的投影。每种说法似乎都有道理，可每种说法又都是"蒙"的，我们无法找李商隐对证，只能就此诗字面的意思，去体会此诗纸背后的意味。

"云母屏风"就是云母石做的屏风，"烛影深"指烛光摇曳暗淡，"长河渐落"指天上银河正逐渐斜落，"晓星沉"是说晨星也快沉没隐退。前两句从室内的情景写到室外的环境：室内的"云母屏风"一片冷凉，而"烛影深"又是一片阴森，室外同样也是一片漆黑，晨星将落而未落，太阳要升却未升。作者是通过室内冷屏残烛的环境，来展示诗中主人冰冷灰暗的心境，并通过"烛影深""晓星沉"的时刻，来暗示嫦娥一夜无眠的孤寂凄清，为后两句埋下伏笔。

首二句交代了时间与氛围，三四句"云母屏风"后的人物才出场："嫦娥应悔偷灵药，碧海青天夜夜心。"据神话传说，后羿之妻嫦娥偷吃了西王母娘娘送给后羿的不死药，一个人飞到月宫成了仙子。让嫦娥始料不及的是，成仙后能享长生之福，却不能享夫妇之乐，人们纳闷"嫦娥孤寂与谁邻"？"应悔"是诗人的揣测之词，"碧海青天夜夜心"是揣测的理由，也是嫦娥生活的写照。虽飞上了月宫，但失去了丈夫，嫦娥天天守着云母屏风，夜夜望着碧海青天，长生不仅不是福气，反而成了一种折磨。日日夜夜都是自己与自己为邻，月宫成了嫦娥的牢狱，长生成了她的无期徒刑。

此诗表现嫦娥孤独非常含蓄细腻，茫茫碧海，渺渺青天，更反衬出"夜夜心"凄冷寂寞。全诗章法也非常绵密，没有一二句，三四句便显得突兀，没有三四句，一二句便没有着落。全诗都从诗人想象中来，但把自己的"想当然"写得活灵活现，让人好像能听见嫦娥在月宫中叹息，不只是想象的丰富，还有他技巧的高超，无一不让人叹为观止。

宋代洪迈认为孤寂的嫦娥就是诗人的化身："借嫦娥抒孤高不遇之感，笔舌之妙，自不可及。"（《唐人万首绝句选评》）在洪迈看来，此诗是李商隐以己之心度嫦娥之腹，明明是他自己孤高不遇，就想象嫦娥也孤高凄凉。这种诗评有点像"读心术"，李商隐是在读嫦娥之心，而洪迈又在读李商隐之心。对李商隐的想象可以判定真伪，因为现在清楚月亮上本无"嫦娥"，对于洪迈的评论还难分对错，有可能真的是借嫦娥抒"孤高不遇之感"，李商隐在《蝉》中就说过"本以高难饱，徒劳恨费声"，也可能是在讽女冠求仙失偶，李商隐早年在玉阳山学道时暗恋宋华阳姊妹，《月夜重寄宋华阳姊妹》一诗就是写宋华阳姊妹"偷桃窃药"后天人两隔：

偷桃窃药事难兼，十二城中锁彩蟾。
应共三英同夜赏，玉楼仍是水精帘。

本应是"三英同夜赏",学道以后"玉楼仍是水精帘",宋华阳姊妹与嫦娥有同样的际遇,自然也同样有"碧海青天夜夜心"的孤寂。

四、惹愁添恨

面对中秋明月辛弃疾好像也是心事重重,如《太常引·建康中秋夜为吕叔潜赋》:

> 一轮秋影转金波,飞镜又重磨。把酒问姮娥:被白发欺人奈何! 乘风好去,长空万里,直下看山河。斫去桂婆娑,人道是清光更多。

因吕叔潜其人不详,此词具体写作时间难以确考,又因标题有"建康中秋夜"字样,词中又有"被白发欺人奈何"句,大致可以断定它是稼轩第二次任职建康时的作品。邓广铭先生将它系于宋孝宗淳熙元年(1174年),基本上作于淳熙元年前后,辛时任江东安抚司参议官,当时的治所就在建康,也就是今天江苏省南京市。

此时的辛弃疾已经南归十二年多,青年已熬成中年,青丝已渐生白发,而山河仍旧支离破碎,朝野更是苟且偷安。朝廷虽然换了一轮新主——宋孝宗赵昚，但国策依旧是屈膝求和，他的抗战主张依旧被完全冷落，他上的《美芹十论》依旧石沉大海。此时的中秋，天上"一轮秋影转金波，飞镜又重磨"，"一轮秋影转金波"形容中秋明月金光闪闪，"飞镜又重磨"形容中秋月格外明亮，古人常把月亮比喻为"天镜""飞镜""金镜"。时节正逢中秋，月光如银泄地，本该登楼、饮酒、赏月，不料辛弃疾却"把酒问姮娥：被白发欺人奈何"？俗话说"年怕中秋月怕半"，年到中秋就过了一大半，人到了中年一生也过了一大半，尽管头上已生白发，而壮志却付诸东流，中秋明月不仅没有让他心旷神怡，反而引起了他生命的恐慌和事业的焦虑。

人世的痛苦和无奈逼他飘然远引，他希望远离尘寰飞奔月宫："乘风好去，长空万里，直下看山河。"在官场活得如此憋屈痛苦，对南宋朝廷彻底唾弃失望，他想马上乘风飞向月宫，在"长空万里"俯视污浊的尘世。"长空万里，直下看山河"这种想象的奇幻，只有李贺《梦天》中的"遥望齐洲九点烟，一泓海水杯中泻"才差可比肩。岂料辛弃疾还不过瘾，觉得月中桂影遮住了月光，于是他像将军一样命令道："斫去桂婆娑，人道是清光更多。"翻译成现代白话的意思是，赶快给我砍掉月中桂树的枝桠，听人说这会使月亮洒向人间更多的光辉。

"乘风好去，长空万里，直下看山河"，以阔大之境展奇幻之思，前三句显得极为大气，"斫去桂婆娑，人道是清光更多"，更以道劲之笔写强悍之气，像将军下命令似的，后两句则十分"霸气"。

这首词是中秋夜赏月感怀，"一轮秋影转金波"反而惹愁添恨，他暗用嫦娥奔月和吴刚伐桂的传说，抒写自己年华老去而壮志成虚的苦闷。有人认为"桂婆娑"指黑暗社会，有人则认为指投降派，清代周济以为"所指甚多，不止秦桧一人而已"。

五、"逸怀浩气"

中秋之夜像辛弃疾这样睹月伤怀的，还有苏东坡的《水调歌头》：

> 明月几时有？把酒问青天。不知天上宫阙，今夕是何年？我欲乘风归去，又恐琼楼玉宇，高处不胜寒。起舞弄清影，何似在人间！　转朱阁，低绮户，照无眠。不应有恨，何事长向别时圆？人有悲欢离合，月有阴晴圆缺，此事古难全。但愿人长久，千里共婵娟。

词前有一小序，交代此词何时而作，以及为何而作："丙辰中秋，欢饮达旦，大醉。作此篇，兼怀子由。"丙辰就是宋神宗熙宁九年（1076年）。此时正是王安石如火如荼施行"熙宁变法"的时期，王安石政治上的很多反对派，其实都是他早年的师友。变法之始，师长欧阳修便辞职回家赋闲，老友司马光也退居洛阳著书。苏轼同样也反对变法，眼见师友先后离开了京城，便自求外放去做地方官，这样可以眼不见心不烦。前两年杭州通判期满，因弟弟苏辙在济南任职，为了好与弟弟团聚，于是请求调往山东，熙宁七年如愿做了密州太守，密州在今天山东诸城市。

用今天的眼光，诸城与济南相隔非常近，乘高铁还不到一个小时的车程，要是自己开车，苏轼完全可以去弟弟家用早餐，再回到自己家来吃晚饭。可在只能坐马车或步行的宋代，他们弟兄要想团聚一次，来回至少也要十来天。

来密州快两年了，苏轼还没见着弟弟的影儿。

补充一下，快七年了，苏轼都没和弟弟照面。

苏轼与苏辙，创作上相互激励，政治上一同进退，生活上彼此扶持，他们既是同胞兄弟，也是人生知己。

兄弟不一定是知己，"兄弟阋墙"的成语家喻户晓，知己更无须是兄弟，管仲早就说过"生我者父母，知我者鲍子"，"管鲍之交"大家耳熟能详。

人们常说天才总是孤独的，可二苏生前并不孤独，他们都可以套用管仲的话说："生我者父母，知我者兄弟。"二苏才智相当又性格互补，才智相当便能深刻理解，性格互补便能减少许多冲突，这才使得他们兄弟能成为知己。要想知道他们兄弟情有多深，你去读读乌台诗案下狱后苏轼《狱中寄子由二首》之一：

圣主如天万物春，小臣愚暗自亡身。

百年未满先偿债，十口无归更累人。

是处青山可埋骨，他年夜雨独伤神。

与君世世为兄弟，更结来生未了因。

此诗标题一作《予以事系御史台狱，狱吏稍见侵，自度不能堪，死狱中，不得一别子由，故和二诗授狱卒梁成，以遗子由》。可见这是一首"绝命诗"，苏轼"自度"必死之前，把全家"十口"托付给弟弟，并抒写"与君世世为兄弟"的深切愿望。

上面只是讲《水调歌头》的"引子"，便于我们明白小序"作此篇，兼怀子由"的分量，也便于下面分析这首词。

这首词抒写的是中秋明月夜，因天上月圆而兄弟不能团圆引起的伤感思念。

中秋对月怀人这个主题，在古代诗文中算是老掉了牙，在苏轼笔下却顿成绝唱。苏轼以他那"天仙化人"（先著《词洁》）之笔，既为我们展现月色如银的琼楼玉宇，也袒露了人世的离合悲欢，既抒写了超脱尘寰的向往，也表现了人际关怀的温情，时而把我们引向神话传说的天国仙境，时而又把我们带回酸甜苦乐的现实人间……没有苏轼这样的如椽大笔，没有苏轼这样的奇思异想，没有苏轼这样的博大胸襟，没有苏轼这种豪放不羁的才情，断然创造不出这种浩渺辽阔而又超旷绝尘的境界。

这首咏中秋的杰作，以"明月几时有"发端，以"千里共婵娟"作结，词中种种奇思异想都因中秋明月而起。

上片写望月而生出世之想。

首句破空而来，"明月几时有？把酒问青天"，一起笔就问得突兀奇崛，把要问的"明月几时有"提前，再交代要问的对象——"把酒问青天"，用一种急促的语气给人造成惊奇感。中秋明月大家谁没有见过？"明月几时有"又有谁问过？我们常人对月亮已是"司空见惯"，对月明月暗月圆月缺早已麻木迟钝，可像苏轼这样的盖世奇才，他像小孩一样事事都感到好奇，任何东西都能引起他奇特的想象：天上像玉盘似的月亮，什么时候才出现的呵？

当然，李白曾有名诗《把酒问月》："青天明月来几时，我欲停杯一问之。"但李白的语气语调都很徐缓，而苏轼的则十分急促突兀。李白说"我欲停杯一问之"，"我欲"还只是我想或我打算，苏轼直接就说"把酒问青天"，表现出急于一探究竟的心情。李白写此诗时不一定是中秋，也不一定有与亲人分离的痛苦，所以李白的问月仅仅是好奇，苏轼写这首词的时候，正巧是中秋月圆之夜，不巧又正与弟弟不能团圆之时，难怪苏轼的语气好奇而又峻急了。

第一问还等不及回答，他又像连珠炮似的来了第二问："不知天上宫阙，今夕是何年？"尘世今天是熙宁九年中秋，天上月宫里今晚又是何年何月呢？"明月几时有"和天上"今夕是何年"，都是苏轼的"天问"，答案也都在天上。唐代托名牛僧孺的传奇《周秦行纪》载诗说："香风引到大罗天，月地云阶拜洞天。共道人间惆怅事，不知今夕是何年。"传奇中这首诗是说到"大罗天"后，不知人间的"今夕是何年"，相反，苏轼则是身在人间却"不知天上宫阙，今夕是何年"。"天上宫阙"紧承前面的"明月"，"今夕是何年"紧承前面的"几时有"，章法上针脚细密而又紧凑。

要想知道个究竟，只有上天才能打听，这自然就引出了以下三句："我欲乘风归去，又恐琼楼玉宇，高处不胜寒。""我欲乘风归去"紧承前面两问，因"把酒问青天"而天不应，才有了"乘风归去"的奇思异想。"乘风"语出《列子》，《庄子》同样说过"御风而行"，也就是后世小说所描写的"腾云驾雾"。"归去"这里指回到天上去。为什么把上天说成"归去"呢？大家知道李白被称为"谪仙人"，东坡门人黄庭坚称李白与苏轼为"两谪仙"，苏轼也觉得自己的前生是月中人，人们也常把苏轼称为"坡仙"，所以苏轼将自己乘风上天说成"乘风归去"——自己本来就是月中人，上到月宫自然就是"归去"。

"乘风归去"写得飘飘欲仙，俨然飞向月宫中的仙子，不由让人想起他《前赤壁赋》所写的妙境："浩浩乎如冯虚御风，而不知其所止；飘飘乎如遗世独立，羽化而登仙。"赋是写月下泛舟的"登仙"之感，词是写中秋望月的飞仙之念。

苏轼虽然"奋厉有当世志"，希望在现实社会大干一番事业，他早年也以为以自己的才华，成就大业如拾草芥，"有笔头千字，胸中万卷，致君尧舜，此事何难"。可他的气质个性又暗合庄子，年轻时读《庄子》便喟然叹息说："吾昔有见于中，口未能言，今见《庄子》，得吾心矣。"当他在仕途不断碰壁的时候，自然就会产生摆脱尘世羁绊的冲动。

刚说了要"乘风归去"，接下来两句突然一转："又恐琼楼玉宇，高处不胜寒。""琼楼玉宇"就是美玉砌成的华丽楼宇，也就是他要"乘风归去"的月宫。月宫固然没有尘世的烦恼，琼楼玉宇固然皎洁壮丽，但要真的飞到了那儿，即使不孤寂难耐，也必定高寒难忍。唐郑处诲《明皇杂录》载，方士叶静能请唐玄宗游览月宫，哪知唐玄宗一到月宫，便受不了那里的寒冷。"高处不胜寒"可能暗用这一典故。这两句字面上虚写天上的广寒宫，纸背暗示了中秋明月的皎洁清寒。

"起舞弄清影，何似在人间"再转，这两句承前面"又恐"而来。很明显，苏轼受到了李白《月下独酌》的启发："我歌月徘徊，我舞影凌乱。"既然受不了月宫的孤冷，那还不如留在尘世自在，不管怎样孤独也有点"人气"，再糟糕也有自个儿影子相伴，总比月宫中"碧海青天夜夜心"强。人间中秋夜好歹有个团圆的盼头，月宫中的嫦娥却永远只能一人独处。

对"起舞弄清影，何似在人间"两句有两种不同的理解，缪钺在《论苏辛词与〈庄〉〈骚〉》附注中说："我的解释是，在月色澄明中翩翩起舞，顾影自喜，这种境界已是仿佛天上，又哪像在人间呢？清黄蓼园《蓼园词选》中解释这两句时说：'仿佛神魂归去，几不知身在人间也。'"他把"起舞弄清影"说成月宫中应有的景象。而近来大部分学者把这两句理解为，与其飞到月宫忍受孤寒，还不如在人间对月起舞哩。这两句是"又恐"两句的延伸，接着"高处不胜寒"说下来，说的是人间比月宫温暖。要是照缪钺先生那样讲，不仅前后两句的语意弄得蛮拧，词的情感脉络也显得很乱。

上片既表现了苏轼对尘世的超脱，也抒写了他对人际的依恋，这使全词显得高妙而又近情。因为超脱尘世而"欲乘风归去"，其人超凡绝俗，其情旷达洒脱，其境高远宏阔；因为人际依恋而留在人间，情感又执著深挚，其词更亲切温暖。

下片写望月而起怀人之念，切词序中的"兼怀子由"。

"转朱阁，低绮户，照无眠"三句，既紧承上片首句的"明月"，也紧承尾句的"人间"，"转""低""照"写"明月"，"朱阁""绮户""无眠"说"人间"——由天上之月而及月下之人。从"转"到"低"是明月西沉的过程，月光转过朱红色的楼阁，低低地透过雕花的窗户，明晃晃地照在一夜无眠的人身上。"朱阁""绮户"是楼房和窗户的美称，不一定指锦衣玉食的富贵人家。"无眠"既特指苏轼,暗示他"怀子由"一夜无眠,也泛指天下盼望团圆不得入睡的人们。这三句就像舞台上的聚光灯,最后聚焦于"无眠"。

"不应有恨,何事长向别时圆",既是"无眠"之果——由"无眠"生发出的埋怨,又交代"无眠"之因——中秋月圆而人不得团圆。人与月不应该有什么新仇旧恨,月亮干吗存心要和人过不去,偏要在人不团圆的时候它就圆呢?这不明明是在气我,特地让我更加难堪吗?大家明白,月亮哪知道人间的聚散,它的圆缺又哪会顾及人们的感受,显然是苏轼"怀子由"而迁怒于月。这两句对中秋月的埋怨,初看似乎无理,细想又觉得有情。

大家要是碰上这种情况,可能越想越气恼,越埋怨越不解恨,好像全天下只有自己倒霉,而苏轼却会自我宽慰,因而也能自我解脱:"人有悲欢离合,月有阴晴圆缺,此事古难全。"这三句情感上是自我解脱,笔法上是宕开一层。常言说"人无千日好,花无百日红",月亮本有圆缺,天气也有阴晴,亲朋难免聚散,人事固多悲欢,无论是社会还是自然,从来就没有永远完美的事情。人与月,古与今,尘世与天堂,都难得十全十美。"人事天时多错忤",有时人圆而月不圆,有时月圆却人不圆,一旦明白了这些事实,原先对月亮的抱怨,马上就转为对月亮的同情。先前误以为月亮故意与人作对,现在才深知月与人实"同病相怜"。能对人月古今等量齐观,就能对"人有悲欢离合"超脱达观。

中秋之夜既然不能团圆，那我们就只得希望："但愿人长久，千里共婵娟。""但愿人长久"突破了时间的局限，"千里共婵娟"打破了空间的阻隔，真个是"凌云健笔意纵横"。当然，"古难全"是不变的事实，"人长久"是美好的愿望。亲人分离虽然不可避免，只要彼此能如愿健康长寿，此时此刻能共赏中秋明月，大家照样还能心心相印。这两句是苏轼对弟弟的思念，又何曾不是他对天下人的祝愿？婵娟本指女性姿容姣好的样子，此处指代中秋月亮。谢玄《月赋》"美人迈兮音尘阙，隔千里兮共明月"，晚唐许浑《怀江南同志》也说，"唯应洞庭月，万里共婵娟"。此前类似的句子大概不少，苏轼也许受到前人的影响，也许是提笔之际无心暗合，但有一点可以肯定，在所有这类诗句文句中，要数苏轼这两句最为有名，也要数这两句最能打动人心。

就其神思飞越而言，苏轼不愧词坛上的李白；就其逸怀浩气而言，该词实为苏轼豪放词的代表。不管从哪个角度解析，该词都充分展示了苏轼的才情与气度，体现了他的风格与个性，更表现了他的境界与胸襟。

单就词的章法也让人叫绝。首句"明月几时有"陡起，笔力雄奇健举。接下来写眺望中秋明月，时而涌现"乘风归去"的异想，转而又担心那琼楼玉宇的高寒；时而责怪明月偏照无眠的寡情，忽而又生人月命运相同的自慰；寻求解脱而希望飘然远引，终因抛舍不下家园亲友还是留在现实人间，词境既超凡绝尘又亲切温暖，用笔一气贯注而又层层转折，难怪人们惊叹它是"天仙化人"之笔了。

六、"英姿奇气"

为了能够耸动视听，文人常喜欢把话说"绝"，如胡仔在《苕溪渔隐丛话》后集卷十三中说："中秋词，自东坡《水调歌头》一出，余词尽废。"东坡《水调歌头》之后，余词非但没有"尽废"，反而不断涌现传诵的名篇，如下面即将聊到的《念奴娇·过洞庭》，晚清王闿运甚至认为远在苏词之上："飘飘有凌云之气，觉东坡《水调》犹有尘心。"胡王二人都犯了是丹非素的毛病。苏轼《水调歌头》"明月几时有"与张孝祥《念奴娇·过洞庭》，谁也无法论斤称两似的掂出它们的轻重，在二者之间评出孰优孰劣，给一个发一等奖，给另一个发二等奖。事实上，这两首长调同为中秋词的双绝，如果说前者表现了苏轼的"逸怀浩气"，那么后者则展现了张孝祥的"英姿奇气"：

洞庭青草，近中秋、更无一点风色。玉鉴琼田三万顷，著我扁舟一叶。素月分辉，明河共影，表里俱澄澈。悠然心会，妙处难与君说。　应念岭表经年，孤光自照，肝胆皆冰雪。短发萧骚襟袖冷，稳泛沧浪空阔。尽挹西江，细斟北斗，万象为宾客。扣舷独啸，不知今夕何夕。

这首词作于宋孝宗乾道二年（1166年）。一年前张孝祥知静江府，兼广南西路经略安抚使，史书称他在任上"治有政声"，因受政敌诬害而免官。从桂林北归途经洞庭湖时，中秋前夜面对烟波浩渺的洞庭湖，他触景生情写下了这首杰作。

聊这首词作之前，先来聊聊这位词人。

张孝祥是历阳乌江人，乌江即今天安徽和县乌江镇，他于绍兴二年（1132年）出生在明州鄞县桃源乡，今天宁波市鄞州区横街镇，十三岁后才随家返乡。二十三岁以状元进士及第，同榜中进士的有范成大、杨万里、虞允文等杰出才俊。他在士林一时誉声鹊起，一是他的才华超群，《宋史》本传说他"下笔顷刻千言"，并世名臣王十朋赞不绝口："天上张公子，少年观国光。"二在于他英气勃勃，杨万里称他"当其得意，诗酒淋漓，醉墨纵横，思飘月外"。正如陈应行《于湖先生雅词序》中所说的那样，他不仅有一支"自在如神之笔"，还有一股"迈往凌云之气"，这使得许多同辈人不得不对他仰视。

不过，英气未必带来运气，才高更不能保证位高。他是当朝有名的主战派代表，这自然招致秦桧等投降派的忌恨打压。我们来听听他在南宋初的咆哮："念腰间箭，匣中剑，空埃蠹，竟何成！时易失，心徒壮，岁将零，渺神京。"（《六州歌头》）"湖海平生豪气，关塞如今风景，剪烛看吴钩。"（《水调歌头·闻采石战胜》）我们今天听来仍热血沸腾，当年秦桧等人听来无异于诅咒和挑衅。

虽然当世宰辅认为他可担大任，后世史家肯定他"莅事精确"，可出仕以来他一直跌跌撞撞，在官场上几起几黜，这不只使他萌生退意，还使他深感人生如梦："一梦经年归去好，宦情全薄此情深"（《在临川追忆昭亭昔游用寄应庵如庵韵》），"解饮不妨文字，无心更狎鸥鱼。一声长啸暮烟孤。袖手西湖归去"（《西江月》），"万事只今如梦，此身到处为家"（《西江月》）。为了更好地理解《念奴娇·过洞庭》，我们先看看他的《西江月·题溧阳三塔寺》：

问讯湖边春色，重来又是三年。东风吹我过湖船，杨柳丝丝拂面。　世路如今已惯，此心到处悠然。寒光亭下水如天，飞起沙鸥一片。

如今见惯了"世路"的险恶，饱经了小人的陷害，他早已无复少年的锐气，无复青年的豪情。由于无力改变可悲的现状，对任何不公只能泰然处之，在任何逆境都得悠然恬淡，说好听点是精神超脱，说难听点是无可奈何。

了解了张孝祥的处境与心境，我们可能更易于进入《念奴娇·过洞庭》的词境。

此词上片写中秋夜洞庭湖之景。起笔三句"洞庭青草，近中秋、更无一点风色"，"洞庭青草"既是点地也是切题，"近中秋"是点明时令，"更无一点风色"点明当时的天气氛围。

青草湖又名巴丘湖，或说因南岸有青草山而得名，或说因湖中多青草而得名。据说，历史上的青草湖比现在大多了，唐宋时期湖周长约二百六十里，北面有沙洲与洞庭湖相隔，水涨时则与北边洞庭湖相连。既然地理上两湖相连，诗文中自然将两湖并称，如杜甫《寄薛三郎中璩》诗："青草洞庭湖，东浮沧海漘。"青草湖在洞庭湖南边，从桂林北上并由青草湖入洞庭湖。

为什么要特地交待"近中秋"呢？因为月亮虽然"万里此情同皎洁"，但只有中秋月亮"一年今日最分明"，没有中秋月亮就没有词后面的绝妙美景，当然更没有这首绝妙好词。为什么特地说"更无一点风色"呢？因为中秋之夜"更无一点风色"，才会有"可爱一天风物"（米芾《水调歌头·中秋》）。"风色"是古代诗词中的常用词，大多数时候仅仅指"风"，它的意思还包括风势、风向、风光、天气等，如"今朝好风色，延眺极天庄"（卢照邻《至陈仓晓晴望京邑》），"只道今朝风色好，不知还有暗滩生"（郑獬《江行五绝》其四），"今朝好风色，不饮君何辞"（刘因《欢饮》）。"更无一点风色"是说洞庭湖，中秋之夜连一缕风儿也没有，浩瀚湖面水波不兴。

天气"更无一点风色"，洞庭湖水不能"波撼岳阳城"，便有了"玉鉴琼田三万顷"。在中秋的皓月之下，"三万顷"洞庭，像一块照人的玉镜，又像一块明澈的玉田。他在同一时期写的《观月记》说，中秋的洞庭湖"水如玉盘，沙如金积"，正好印证词中的"玉鉴琼田"。此时此刻在湖中"著我扁舟一叶"，那扁舟不像在湖中走，倒有点像在天上行，那词人也不像被罢免的官员，倒更像天上的神仙。另外从章法上看，"著我扁舟一叶"紧扣题面"过洞庭"。

　　"素月分辉，明河共影，表里俱澄澈"三句，紧承"玉鉴琼田"两句而来，只有三万顷洞庭像一面玉镜，天上的"素月"才能与它"分辉"，"明河"才能与它"共影"。"素月分辉"是说银白月亮倒影在湖里，银白的月光洒满湖面，"明河共影"是说天上的银河倒映湖中，天上有一条银河，湖中也有一条银河。"表里俱澄澈"结束上两句，描绘"素月分辉，明河共影"的特征，"澄"和"澈"都是形容水的清亮透明，"表里"是指从湖面到湖里，也指从湖中到天上。中秋之夜的洞庭湖，从天上到湖中，从湖面到湖里，上上下下里里外外，全是一片清澈、透明、皎洁的仙境，这儿没有一丝昏暗，没有半点污浊。

　　词人跳出黑暗腐朽的官场，融入皎洁空明的仙境，与宇宙天地融为一体。这种与天为一的"妙处"，只能一个人"悠然心会"，无法用语言与"君"分享，用陶渊明的话来说，"此中有真意，欲辩已忘言"。

上片写中秋洞庭之所见，下片抒中秋洞庭之所感。

人不可能永远与天合一，他必须面对无数人生烦恼，必须跨过一个个社会险滩，一肚皮心事想"与君说"："应念岭表经年，孤光自照，肝胆皆冰雪。""岭表"即五岭之外，此处指今天广西一带。前一年，词人知静江府治所在桂林，第二年就因谗落职，所以说"岭表经年"；对自己被污蔑蒙冤谁都想剖白，所以有了过片的"应念"。这里"孤光"限指中秋月亮，苏轼《西江月》有"中秋谁与共孤光"句。"孤光自照"的意思是说，只有天上的月亮孤零零地照着我，杜甫《江汉》一诗也说过"永夜月同孤"。中秋之夜在洞庭"孤光自照"，像歌词所唱的那样，只有"月亮知道我的心"。

从"孤光自照"中，不难想见他如何孤独；在"孤光自照"之下，才明白词人"肝胆皆冰雪"。冰与雪都洁白晶莹，诗人常用它们来形容高洁的人格情操，如江总《入摄山栖霞寺》说"净心抱冰雪"，高适《酬马八效古见赠》说"奈何冰雪操"，文天祥《正气歌》称"清操厉冰雪"，我们还想到了王昌龄的"一片冰心在玉壶"。词人对被谗免职问心无愧，他的胸襟玉洁冰清，他的为人光明磊落，他对朝廷竭忠尽诚，他待朋友肝胆照人。上片"表里俱澄澈"写景，下片"肝胆皆冰雪"表心，它们都是词中"金句"，也恰好为上下对句。没有"肝胆皆冰雪"之心，哪能感应

"表里俱澄澈"之景？

"短发萧骚襟袖冷，稳泛沧溟空阔"一波三折，前一句压抑低沉，后一句昂然振起。"萧骚"状风吹树叶之声，也指萧瑟清冷之景，此处形容头发稀疏短少。"襟袖冷"上承"冰雪"而来，"冷"虽指中秋之夜的气候，主要还是词人的心理感受，任何人被谗罢官都会觉得凄清冷落。不过，这并不影响他"稳泛沧浪空阔"，"稳"一字双绾——既指泛舟的平稳，也指他心态的镇定。"沧浪空阔"形容洞庭湖辽阔浩淼。任它谗言，任它罢官，何妨啸傲于中秋，何妨泛舟于洞庭？"萧骚"却不潦倒，凄冷绝不颓唐！

中秋月夜泛舟于三万顷洞庭，激起了词人的豪情万丈："尽挹西江，细斟北斗，万象为宾客。"这三句实属神来之笔，想象之奇，气势之壮，无一不让人拍案叫绝。"西江"指洞庭湖以西的中上游长江，"万象"就是天地万物。"尽挹"长江水以为酒，"细斟"北斗以为杯，邀来"万象"以为客，中秋之夜，洞庭之滨，老子要和天地万物一醉方休！洞庭中秋的此情此景，激发了词人的"湖海平生豪气"。这种奇特想象，这种磊落英风，这种豪情霸气，用苏轼的话来说，真"不减唐人高处"，甚至在盛唐诗中也不多见！

最后两句将激情推向高潮："扣舷独啸，不知今夕何夕。"此处"扣舷"是醉拍船舷，"独啸"是一人引吭啸歌。"扣舷独啸"

是纵情，"不知今夕何夕"是忘情，纵情处便是忘情时。尾句"不知今夕何夕"，回应上片起句"近中秋"，它们在章法上是首尾照应，在情感上属转折腾挪，在词境上则显空灵飘渺。

南宋魏了翁在《跋张于湖念奴娇词真迹》中说："张于湖有英姿奇气，著之湖湘间，未为不遇，洞庭所赋，在集中最为杰特。"此词的确表现了词人的奇情壮彩，词中的奇思异想络绎奔涌，英风豪气更是奇峰耸立，读来如在山阴道上行，让人一时应接不暇。

在南宋初期词坛上，张孝祥的豪放词，为苏东坡继轨，实辛弃疾先导。苏轼的《水调歌头》"明月几时有"，张孝祥的《念奴娇·过洞庭》，是宋代中秋词中的双璧，中秋佳节使他们写出了绝妙好词，他们的绝妙好词又使中秋佳节更为美好。

2020年9月19日

话端午

今天是端午节，很多朋友发来微信问候："端午节安康！"有的学者还郑重其事地告诫说，不能说"端午快乐"。那些问候"端午节快乐"的人，弄得他们自惭没有文化。今天我回信说"端午节快乐"，我小时伙伴还感到十分吃惊。

这涉及端午节的起源，也涉及我们过节的心态。

端午节起于何时，起于何事，起于何人，至今还是一本糊涂账。端午节的习俗赛龙舟和吃粽子，赛舟离不开水，粽子离不开稻谷，可见，端午节可能起于长江中下游，因为这两样都与水有关。据闻一多《端午考》说，端午节其实就是龙的节日，是远古龙图腾部落举行的图腾祭祀节，它的发祥地在今天长江下游的江浙一带。闻先生的说法虽非定论，但赛龙舟和吃粽子习俗，无疑出现在屈原、伍子胥、介子推、曹娥之前，它们与这些悲剧性历史人物无关，将端午节与屈原等人联系起来的记载相当晚。

把五月五日作为"端午节"，至少在西晋就是民间很隆重的节日。"端"是"始"或"初"的意思，"午"与"五"音同义近，"端午"也就是"初五"。五、午、仵、忤、牾几字音同义通，《释名》解释"午"说："午，牾也。阴气从下上，与阳气相仵逆也。"这段话的大意是说，"午"就是"仵"的意思，阴气从下而上，与阳气逆向而行。古代民俗"五月不举子，忌其仵逆"，是说五月不要生孩子，担心生下来的小孩成人后忤逆不孝。五月既属恶月，五月五日更属恶日。《左传·郑伯克段于鄢》："庄公寤生，惊姜氏，故名曰'寤生'，遂恶之。""寤生"就是"牾生"，一说是倒着生出来的，一说是五月出生的。前一种说法不可取，因为倒着出生就是难产，在古代很难保母子平安。庄公大概是五月出生的，他母亲因而断定他长大后忤逆不孝，所以对这个儿子十分厌恶。古人认为，五月五日生小孩，男孩克父，女孩克母。

五月五日是恶月恶日，显然起初不是为了纪念伟大诗人屈原。端午是"恶"上加"恶"，"端午节"这个节日古人是用以驱邪，楚地百姓这一天用兰草沐浴，长江流域一带至今还用艾草熏屋，门前挂蒿艾驱走毒气。

古人立"端午节"的本意，肯定不是让我们后人愁眉苦脸。哪怕是纪念屈原等伟人的，也用不着连"快乐"也要避讳。屈原老人家沉江汨罗，就是为了子孙万代幸福快乐，他生前"长太息以掩涕兮，哀民生之多艰"，希望"民生各有所乐兮"，要是得知我们连"快乐"也要避讳，屈原在天之灵一定会气得再沉汨罗。

《老子》第五十七章说："天下多忌讳，而民弥贫。"天下禁忌越多，百姓就越是贫困。同样，任何一个社会，任何一个民族，如果忌讳越多，必定幸福越少。

　　端午节快乐！

2019年6月7日

同学，有话好好说

——高考满分作文《生活在树上》漫谈

一、 病症与病根

和高考作文《生活在树上》一样，我这篇文章也是一篇命题作文。十几天前，媒体编辑请我谈一下火得一塌糊涂的《生活在树上》。我迟迟没有动笔的原因，一是最近事情太杂，二是不知道从何谈起，三是不想伤害到考生。

在正式录取之前，急匆匆地抖出一个考生应试的满分作文，并且"亮出"全省作文阅卷大组组长的评语，也许是想给后来的考生树立"典范"，并让世人见识判卷人的慧眼。不知是判卷先生爱生心切还是自恋过度，最后的效果是爱之所以害之，恋之所以毁之，原本想展出来"亮相"，却变成了拿出来"示众"。

一个高中生把千字的议论文，写成了普通读者难以读懂的"奇文"，已让许多人感到十分诧异，而判卷的老师竟然给了它满分，更让大家不得不"拍案惊奇"。

我连续读了三四遍才能勉强猜猜文意，后来又看了一位武汉语文老师连蒙带猜的"翻译"，才算大致明白作者不过说了一通老生常谈的道理。

动笔之前，我只想写一篇千字文给约稿编辑交差，没有想到越写越来劲，越写越觉得这件事极有现实意义。

一个高中生写出了这样的文章，我会认为这是个别特例；被省高考语文评卷组长打了满分，我会觉得这是个别老师的专业素养和审美趣味问题；但当少数中学语文老师认为年轻人有权"炫酷"，并且也认为这种文章很"酷"的时候，我才明白这是个必须正视的教育问题和社会病象。

写着写着，便由计划中的千字短文，变成了定稿时的一万多字长文。

反复读了这篇满分作文，大量浏览了代表性的正反评论，发现绝大多数评论者其实并没有细读这篇奇文。赞美者固然搔痒不着，批评者也未能入木三分。

"赞美"大多集中在考生"深度阅读""张扬个性"和"有权炫酷"。我以过往事实和个人经验证明，作文中引用和提及的西方哲人著作，以考生的时间和水平，很难有什么"深度阅读"，不过是浮光掠影的了解，甚至只是背诵了一些名人名言。考生之所以只引用西方的名人名言，是因为作文阅卷大组组长将中国文化名人列入了"黑名单"，只要一引用这些名人名言就与高分绝缘。

他之所以把文字写得那么"作"那么"炫",是因为作文阅卷大组组长喜欢"学术化"表述。在阅卷老师面前,得满分作文的这位考生,和全国所有考生没有两样,评卷老师喜欢什么样子,我就表现出什么样子,在考场上"张扬个性"基本上就是个笑话。至于年轻人"有权炫酷",我同样也举双手赞成,关键是"炫"出来的是不是"酷"?

"批评"仅停留于这篇作文语言晦涩或"文风不正",如教育部聘中小学语文教材总主编、北大中文系教授温儒敏直言:"有些句子不通,像是拙劣的翻译,不好好说话,这是不好的文风。"北京师范大学附属中学语文教师于晓冰也认为:"辞能达意是考场作文的基本要求,通过晦涩的表达营造出一种阅读壁垒并不可取。"这一类批评都失之空泛,考生本人既未必心服,中小学生也难以吸取教训,社会大众更不明所以。我深入文本内部,剖析了文章的逻辑、议论、句式、用语,以及考生的心态。我想说的是,这篇作文的逻辑极端混乱,议论简直不知所云,句式似通非通,语言既"装"且"炫"——这篇满分作文每个层面都病态斑斑。

这篇文章不针对任何个人。

满分作文的病态症状"发作"于考生,但病根却潜伏于我们成人。文章虽然写得既糟又病,但这个孩子十分聪明——他知道如何炫"博",他精于怎样讨巧,只是聪明用错了地方。

虽然对浙江作文阅卷大组组长陈建新副教授的评审标准不敢

苟同，但不忍心对他作"诛心之论"。二十一年的作文阅卷有苦劳，我身边的大学同事很少人愿意阅卷。陈老师即使去各中学开讲座，挣的也只是几个汗水钱，至于是否违规违法，那是相关组织负责的事情。

只希望通过全社会的讨论，在教育界形成关于"好文章"的共识，在中小学生中养成"有话好好说"的习惯。

如此而已。

二、神逻辑

《生活在树上》是一篇议论文。思维的明晰和语言的准确，既是议论文最基本的要求，也是判定议论文优劣的重要标准，而恰恰这两点是该文的致命伤。语言与思维具有深刻的内在联系，任何人的思维都是通过语言来进行，也是通过语言来呈现：你是怎样说，你便怎样想。一个人的语言要是缠来绕去，该人的思维肯定是一团糨糊。我们老师教学生写议论文，先要让学生明白笔下每个概念的内涵与外延，好让语言能无误地表达思想，好让语言之流与思维之流同步。

《生活在树上》一文的考生，常常自己并不知道自己在说什么，我们读者读来更不知所云。我们来解剖其中一段话——

社会与家庭暂且被我们把握为一个薄脊的符号客体，

一定程度上是因为我们尚缺乏体验与阅历去支撑自己

的认知。而这种偏见的傲慢更远在知性的傲慢之上。

　　"社会与家庭暂且被我们把握为一个薄脊的符号客体"，我敢打赌上帝也猜不出这句话是什么意思。在社会学中，"社会"属于"大词"，"家庭"则是常用词，我们如何"把握""社会"与"家庭"，什么样的"把握"算"暂且"，什么样的"把握"属于"永久"？"薄脊的符号客体"是个什么样子？谁曾"把握"过"符号客体"？如何同时将"社会"与"家庭"把握为"符号客体"？"把握为"又是什么意思？这种神句的问题不是一个错字，如把"薄瘠"误写成"薄脊"，也不是简单的用词不准，如去"把握为"无形无臭的"符号客体"，最严重的是作者在装模作样地瞎说一气。要是连自己也不知道是在说什么，还能面不改色地说下去，而且还能说得振振有词，就做人而言这是一种超强的心理素质，但就写作态度来说实不足取。下一句"一定程度上是因为我们尚缺乏体验与阅历去支撑自己的认知"，"支撑自己的认知"还只是用词不当，没有谁能"支撑""自己的认知"，更糟的是上一句与下一句并不构成因果关系，"因为我们尚缺乏……"中的"因为"，让人看得一头雾水。"而这种偏见的傲慢更远在知性的傲慢之上"，这第三句就更神乎其神了。这句与前两句显然不是并列、承接关系，此处的"而"字自然不算并列或承接连词，它与前两句也没有构成转折、递进关系，所以它也不是转折、递进连词，它与前两句更没有构成假设和因果关系，当然也就不属于假设或因果连词，总之，"而"字在这里什么都不是。我想知道的是，什么才算"偏见的傲慢"？"知性的傲慢"又是一种什么样的傲慢？"知性"与"理性"有何异同？"偏见"附属于"知性"或"理性"，还是独立于"知性"或"理性"？我尤其感到困惑不解的是，为什么"偏见的傲慢更远在知性的傲慢之上"？前者在后者"之上"是好还是坏？单独来看，这三句话句句都属于"神句"，连在一起看，这三句句与句之间只有"神逻辑"，无论是句意还是逻辑，神仙也可能只能意会而不能明言，对人类来讲那就更是"天书"。

要不是判卷老师称赞此文"从头到尾逻辑严谨"，我既无兴趣也无闲心来分析一篇高考作文。由于心情和时间都很紧张，高考作文逻辑混乱情有可原，但打了满分就另当别论，这不仅涉及考试公平，也事关对以后考生的影响。

三、神议论

这篇千字高考作文几乎全由抽象命题组成。作者以不容置疑的口吻，用佶屈聱牙的句式，发表了不少看似极其"深奥"的议论。其中许多议论基本属于"神议论"之列，存心让读者摸不着头脑。

文章一开头就把人给镇住了:"现代社会以海德格尔的一句'一切实践传统都已经瓦解完了'为嚆矢。"现代社会的开端是个极其复杂的问题,即使写几十本专著也未必能谈清楚,再说它与这篇小文没有多大的关系,可这位考生勇于作大判断,一提笔就为我们指出了现代社会的开端。事实上,现代社会到底起于何时,究竟缘于何事,因各人的视角不同,各自的观点自然大异,或从宗教角度立说,或从哲学角度探源,或从经济角度剖析,或从制度方面阐释,并非像这篇高考作文所说的那样,现代社会就是简单地"以海德格尔的一句'一切实践传统都已经瓦解完了'为嚆矢"。像起跑枪响便立即冲刺一样,一句"一切实践传统都已经瓦解完了","现代社会"立马就跑到了我们面前,海德格尔哪有这么大的魔力?另外,前现代、现代和后现代的转换,并非舞台演员上场下场那样交替,前一社会形态与后一社会形态从来都是藕断丝连,即使是今天西方进入了后现代的国家,"实践传统"也未必"瓦解完了",你到挪威、瑞典、丹麦、德国、法国和日本看看,人家仍然坚守自己的"实践传统"。作者明显误解或曲解了海德格尔的本意。

　　紧接开头的"滥觞于家庭与社会传统的期望正失去它们的借鉴意义",同样是一句"神议论"。首先这句话用词不妥,我们从来是说"期望"实现,或说"期望"落空,从来没有谁去"借鉴""期望",传统价值观念才有"借鉴意义"。

再来看看第二段开头的上半句："我们怀揣热忱的灵魂天然被赋予对超越性的追求。"我实在想象不出作者"怀揣""灵魂"的样子，有谁曾经"怀揣"过自己的"灵魂"？难道"灵魂"还有"热忱"与冷漠之分？我只听别人说过高尚的灵魂、丑恶的灵魂、卑鄙的灵魂，还从来没有听说过有"热忱的灵魂"。"热忱的灵魂天然被赋予对超越性的追求"几乎可以视为考生的梦呓，因为没有哪种灵魂"天然被赋予对超越性的追求"，人性到底是善还是恶，古今中外的思想家一直争论不休，没有谁的灵魂"被天然赋予对超越性的追求"，否则世上就没有伪君子和恶棍了。

文章中间一段的议论更"神"："毫无疑问，从家庭与社会角度一觇的自我有偏狭过时的成分。但我们所应摒弃的不是对此的批判，而是其批判的廉价，其对批判投诚中的反智倾向。"首先，我得老实承认自己没有读懂这段"神话"的意思。"从家庭与社会角度一觇的自我"，到底是一种什么样的"自我"？"家庭"和"社会"是同一种角度，还是两种完全不同的角度？如果是两种不同的角度，"从家庭与社会角度一觇"，是否会出现两种不同的"自我"？"自我"有时"偏狭"还好理解，"自我"怎么会有"过时的成分"呢？"过时的""自我"又会是一种什么样子？接下来的一段话把我越说越糊涂，谁能告诉我"我们所应摒弃的不是对此的批判，而是其批判的廉价"是什么意思？什么算是"批判的廉价"？按作者的思路推下去，是不是还有"批判的高价"？

"批判的廉价"应当摒弃,"批判的高价"是否应当欢迎?"其对批判投诚中的反智倾向"一句,肯定上帝也不知道是什么意思。这种表述使人看到的倒不是"对批判投诚中的反智倾向",而是或者怀疑作者有点弱智,或者怀疑自己有点弱智,譬如,什么叫"批判投诚"?为什么"批判投诚中"有"反智倾向"?面对这一类神议论,自卑的读者第一反应可能是自己的智商有问题,自信的读者第一反应可能是作者的智商有问题。

如果我是作文的判卷老师,遇上这种"神议论"和"神作文",因为根本无法弄懂作者是在说什么,我可能提交给顶头上司改卷——如果当时情绪不错;也可能直接给二三十分——如果当时心情很糟。

四、神句式

《生活在树上》这篇千字高考作文,通篇句式之扭曲、倒错、难解甚至无解,同时还有不少病句和少数错别字,以致"今日头条"一位毕业于名牌大学中文系的编辑说,她连读三四遍也没有读懂文意。岂止她没读懂,我同样也没读懂,上帝也不会读懂,全文到底说的是什么东西,我相信连考生自己也不懂。

有人说这篇作文的句式是"翻译体",我觉得这样说对翻译体不公。如果哪本译著的语言这样矫揉造作,这样似通非通,该译著连一本也卖不出去，没有人会花钱给自己找罪受。向称艰涩难懂的几本德国哲学名著，如康德的《纯粹理性批判》、黑格尔的《精神现象学》、海德格尔的《存在与时间》，现在都有一至三种译本，没有哪一种译本是使用《生活在树上》的神句式。本人经目的《纯粹理性批判》有蓝公武、牟宗三和邓晓芒三种译本，蓝公武的译本出版于二十世纪早期，虽然文字文白夹杂，但并没有扞格不通的地方，最为晚出的邓晓芒译本最为流畅。叔本华称康德著作属于一种"伟大的沉闷"，康德作品中有时一页只有一句，由于从句太多，德国人说读康德著作十个指头都要用上。非专业人士读不懂康德著作，并非"翻译体"句式不通，是因为内容上深奥难懂。

读不懂康德、黑格尔和海德格尔等一流思想家的作品，是因为我们的思想没有达到作者的高度，读不懂《生活在树上》这篇高考作文，是因为它的句式根本就不通。

我们细读文中的一小段："但当这种期望流于对过去观念不假思索的批判，乃至走向虚无与达达主义时，便值得警惕了。与秩序的落差、错位向来不能为越矩的行为张本。而纵然我们已有翔实的蓝图，仍不能自持已在浪潮之巅立下了自己的沉锚。"上一句"但当这种期望流于对过去观念不假思索的批判，乃至走向虚无与达达主义时，便值得警惕了"，从句法上看主语应当是"期望"，谓语就当是"批判"和"走向"，你即使想破了脑壳也想不出，"期望"如何去"批判""过去观念"，"期望"又如何能够"不假思索"？更想不出"期望"怎么"走向"了"达达主义"？"与秩序的落差、错位向来不能为越矩的行为张本"是一个残缺的句子，谁与"与秩序的落差、错位"？主语的缺失使这个"神句"如神龙见首不见尾。"与秩序的落差"是什么意思？"与秩序的落差、错位"为什么"不能为越矩的行为张本"？这种句子鬼见了也会发愁。最后一句"而纵然我们已有翔实的蓝图，仍不能自持已在浪潮之巅立下了自己的沉锚"，因为这一句与前一句没有任何逻辑联系，所以"而"字在这里不知道是什么意思。"仍不能自持已在浪潮之巅立下了自己的沉锚"，是一句更神的"神句子"，先得老实承认自己怎么也读不懂。这一整句都没有主语，是谁"仍不能自持已在浪潮之巅"？是谁"立下了自己的沉锚"？作家李未熟早指出"立下沉锚"用词不当，既然是"立"又如何"下"？既然是"沉锚"又如何"立"？应该是抛下或放下沉锚。用词不妥其实是小问题，就是大作家也有用词不当的时候，关键在于这句话是一个不通的病句。"纵然我们已有翔实的蓝图"，为什么"仍不能自持已在浪潮之巅立下了自己的沉锚"？作者在这里到底要表达什么意思？句中的"浪潮之巅"是指什么东西？既然"已有翔实的蓝图"，为什么"仍不能自持"？

《生活在树上》通篇都是这种"神句"，如"社会与家庭暂且被我们把握为一个薄脊的符号客体""从家庭与社会角度一觇的自我""人的社会性是不可被除的，而我们欲上青云也无时无刻不在因风借力"。"人的社会性是不可被除的"属于典型的"装"，它说的是那种一加一等于二的常识——人具有社会性，作者偏偏要把一些常识弄得难懂，把陈旧的老调说得高大上，"我们欲上青天也无时无刻不在因风借力"，"我们欲上青天"具体所指只能凭各人的想象，"无时无刻不在因风借力"更是只能盲人摸象：从何处"因风"，到哪里"借力"？又因的什么"风"？借的什么"力"？写议论文不能像写诗，诗歌语言大可写得朦胧含糊，而议论文的语言则务必准确明晰。"社会与家庭暂且被我们把握为一个薄脊的符号客体""其对批判投诚中的反智倾向"，更是用词不妥、语意不通的病句。

考生无疑是想把作文的语言写得新颖别致，但由于他（或她）努力的方向南辕北辙，所以越努力语言就越是丑陋别扭。考生其实是受害者，判卷老师此前树立了不良的样板，后来的考生为了获得高考高分，他们不仅会依样画葫芦，甚至还会"踵其事而增华，变其本而加厉"。错误表现在考生作文中，根子出在我们老师身上。我们这些当老师的错误导向，既害惨了那些聪明的学生，也糟蹋了我们优美的汉语。

五、"炫"与"装"

坦率地讲，我对这篇文章的评价极低，无论是文风、文意还是逻辑，全都可以用"一塌糊涂"来形容，尤其难以容忍的是那种装神弄鬼的写作态度——拉一大堆外国名人，填一大堆洋词古语，造一大串似通非通的病句，发一大通谁都不懂的神论，通过这种方式吓唬判卷的老师，吓唬那些没有读过相关哲学名著的读者，更能吓唬那些弄不懂文中那些"神句""神意"的人。正在教中学语文的两位名师，先后私下告诉我说他们至今没有读懂此文。我在"今日头条"发表前三节后，有读者在后面留言说："看了戴教授的分析，我才松了一口气。我怕别人嘲笑我的水平不行，一直不敢对人说没有读懂，原来不是我的水平不行，是考生的文章不行。"一位网名叫"唐希杰"的网友说："一直以为自己智商不及，原来如此！"作者不仅如愿以偿得到满分，还有个别中学语文老师欣赏这种"装酷"，更有许多读者不敢公开承认自己没有读懂，可见，这种装神弄鬼的方式还真的吓倒了一大片人。

2020年8月8日，《光明日报》发了一篇名为《〈生活在树上〉得了满分，要效仿吗？》的深度报道，记者采访了南方和北方的中学语文老师。浙江省中学语文特级教师褚树荣和北京市第二中学高级教师刘智清，同时都"赞赏文章作者对大量社科类著作的深度阅读"。褚老师表示会给学生推荐阅读，"可以学习他读书积累的过程，把思想融入写作之中，这些都是应该倡导的"。刘老师也说"她会给自己的学生推荐这篇文章，不是模仿文风，而是学习他的阅读能力"，她认为"这个学生的书单显得与众不同，从广度上来说，高中生能通读《西方哲学史》这类有思辨意义的社科著作是很不容易的。读书的过程是孤独的，我希望我的学生能通过这篇文章体会到这个孩子的阅读热情"。更不用说今年浙江高考作文阅卷大组组长陈建新副教授，他在该文满分评语中对此赞赏有加："要写成这样，需要考生阅读大量书籍，而非背诵几条名人名言就行的。"

恕我直言，上面几位老师也被该文中一大串名人名言给唬住了。由于中学语文老师大多毕业于中文系，大学期间很少有人广泛涉猎西方哲学名著，参加工作以后要承担繁重的教学任务，他们更不可能系统阅读西方这些名著。一看到文章中引用那么多连自己也不熟悉的名人名言，再加上满纸歪七扭八的句子，老师们便错把西方那些哲人的思想深度，当成了考生本人的"深度阅读"。

这几天报纸和网络上，早有人汇总了满分作文引用和提到的西方名人清单：海德格尔、卡尔维诺、麦金太尔、韦伯、尼采、切斯瓦夫·米沃什、维特根斯坦。

大家提到的这串名单中都漏掉了马尔库塞，满分作文最后所谓"单向度形象"，无疑套用了马尔库塞名著的书名《单向度的人》。

这串名人中，卡尔维诺是意大利当代作家，切斯瓦夫·米沃什是美籍波兰诗人和散文家、诺贝尔文学奖获得者。韦伯是德国二十世纪社会学领袖，尼采、海德格尔、维特根斯坦都是哲学界的大牛，他们每个人都在各自领域开宗立派，尼采被认为是西方哲学的开创者之一，海德格尔是存在主义哲学开创者和代表之一，维特根斯坦是现代分析哲学创建人之一，马尔库塞是西方马克思主义代表哲学家之一，代表作《爱欲与文明》是二十世纪中期西方性解放运动的宝典，麦金太尔是美国当代著名伦理学家，地位稍次于上面几位哲学大师。

在一篇千把字的高考作文中，塞进了这么多哲学、社会学、伦理学、文学泰斗，在不了解情况的人眼中，肯定显得博学而深刻，陈建新老师由此断定不是凭"背诵几条名人名言就行的"。

根据个人的阅读经验，我和陈建新老师的看法刚好相反，考生其实只背诵了"几条名人名言"，并没有"大量"阅读这些名著，因为引用的这些名言中有些来自艰深的"天书"，一个中学生的水平无法读懂，也没有时间像陈老师说的那样"阅读大量书籍"。

如作文倒数第二段结尾说："并效维特根斯坦之言，对无法言说之事保持沉默。"这则名言出自维特根斯坦生前唯一的代表著作《逻辑哲学论》结尾。考生引言与商务印书馆译本有出入。维特根斯坦是数学家、逻辑学家和哲学家罗素的学生，这本书就是在罗素影响下写成的，后来罗素承认深受这位学生的影响。

该著1921年发表于《自然哲学年报》，出版前作者请老师罗素作序。罗素特别欣赏乃至佩服这位学生，1911年维特根斯坦投奔罗素门下，第一次交谈就让罗素激动不已，迫不及待地告诉朋友们说，与维特根斯坦这次会面是他平生"最令人兴奋的智力探险之一"。维特根斯坦这样的得意门生索序，罗素自然不敢马虎应付，他花了一个多月时间写成一万三千多字的长序。哪知学生对此毫不领情，维特根斯坦认为老师没有读懂他的书，正式出版时没有用这篇序言。此序商务印书馆的译本置于书前作为全书导论。1929年，维特根斯坦以《逻辑哲学论》作为论文，通过了由罗素和G.E.摩尔主持评审的博士答辩。答辩结束后，维特根斯坦拍着摩尔和罗素两人的肩膀说："你们都读不懂我的论文。"在该书的自序中，维特根斯坦一提笔就说："这本书也许只有那些自己已经思考过此书中所表述的思想或者类似的思想的人，才能理解。"

我高中时期最喜欢数学，后来一直酷嗜罗素著作，研究生毕业时为了弄懂罗素的数理逻辑，学了一年多高等数学集合论。纯粹出于好奇，我买了一本商务印书馆出版的《逻辑哲学论》，第一次翻了不到十页就翻不下去，第二次倒是硬着头皮翻完了，但其实和没有翻完没有两样——不知道维特根斯坦到底说的什么东西。我不太相信这位考生读过《逻辑哲学论》，除非他（或她）是一位哲学、数学和逻辑学天才。

再说海德格尔。二十世纪整个八十年代，存在主义哲学风靡华夏，大学里谈论海德格尔和萨特是一种时髦。开始是着迷于海德格尔"诗意地栖居"一类名言，后来我真的想深入了解他，并从他的著作中受益。恰好没过多久，三联出版了海德格尔代表作《存在与时间》的中译本，翻了几页后同样不得其门而入。得知他的运思方式深受老师胡塞尔影响，又胡乱地找胡氏的著作来读，适逢《现象学的观念》出版，花了好长时间死啃这五篇讲稿，而且不断向专业人士请教。《存在与时间》不知翻了多少遍，还找到John Macguarrie 和Edward Robinson合译的英译本*Being and Time*。记得张三夕教授主持《存在与时间》一书的讨论，他的博士安敏向我借了这本书，见我全书到处画了红线，书眉到处批满文字。"书读百遍，其义自见"，读多了才慢慢摸到点门道，能对《存在与时间》有点体会，特别受惠于约瑟夫·科克尔曼斯《海德格尔的〈存在与时间〉》。后来，我一位青年同事和朋友知道我喜欢《存在与时间》，特地送我一套四卷本的《〈存在与时间〉释义》，可惜这四卷本我基本没有打开过。这篇满分作文一开头就是海德格尔，主要作用就是装点门面。

满分作文中"保持婞直却又不拘泥于所谓'遗世独立'的单向度形象"，基本是对马尔库塞"单向度"的误用，"遗世独立"怎么是"单向度形象"呢？《单向度的人》由上海译文出版社1989年出第一版，2008年出第二版，这两个版本我都买了。这本名著倒是不太难读，我每次重读都有新收获。

一篇约千字的短文，挤满了这么多名人，塞满了这么多名言，文章还能写好吗？大多数名人与名言，与他的文章并无必然联系，这些东西就像水泥房子外墙的贴面瓷砖一样，不过是要让房子看上去金碧辉煌。说白了，名人与名言在这篇文章中的作用，不外乎"炫"与"装"。

作者不仅拿外国名人来"装"，而且也在语言上装神弄鬼。一方面插入大量新潮的洋词，一方面填充大量古奥生僻的古语。前者如"倘若我们在对过往借韦伯之言'被魅'后，又对不断膨胀的自我进行'赋魅'，那么在丢失外界预期的同时，未尝也不是丢了自我"。"祛魅"是韦伯提出的一个重要概念，也译为去魅、解魅，译为"被魅"还十分少见，通常指信念、科学等，在新知出现后神秘性、神圣性和魅力消解或下降。"对过往借韦伯之言'被魅'"别扭难通，"对不断膨胀的自我进行'赋魅'"的具体所指我不太明白，这就是典型的"装洋"。说的不过是一些老掉牙的常识，作者希望贴上一些"高端新潮"的洋词，让人觉得莫测高深，使文章显得洋气上档次。

除了贴上许多诸如"张本""内嵌""塑型""实践场域""范式""单向度""被魅""赋魅"等时髦的"洋词"，作者还镶嵌了诸如"嚆矢""振翮""孜孜矻矻""觇""玉墀""婞直"等艰涩的古语。考生可能不太明白，《辞海》和《辞源》有时是本工具书，有时又是一座历史博物馆，很多词只具有陈列展览的意义，早已失去了表情达意的功能。今天写作文还翻出这些词来用，就像农民用汉代的犁耕田一样可笑。

如"那其'永远重复'洵不能成立"，"那其"连用真叫人看了难受，"不能成立"非常口语化，前面加一个古雅的"洵"字极不协调。如果一生只能读这种似通非通的文字，我宁可做个一字不识的文盲，要是不能成为文盲，我宁可短十年阳寿。又如"在途中涉足权力的玉墀"，难道安插一个"玉墀"，文章也跟着贵气逼人？再如"保持婞直却又不拘泥于所谓'遗世独立'的单向度形象"，"婞直"一词在现代汉语里早已寿终正寝，今天还用它来写作文，就像把死人从棺材里拖出来出席宴会，唯一的功用是能吓跑很多人。"婞直"是那么古奥，"单向度"又是那么新潮，把这两个词捆绑在同一句话里，酷似在一件洋气的西服上缝一个传统的盘扣，作者好像存心要恶心读者。

装洋也好，扮古也罢，作者一门心思要装得博学深刻。就阅读心理而言，如果一篇文章中洋词都未曾见过，古字都不能认识，读者马上就会感到自己无知，佩服作者的知识渊博；如果句意都不能明了，全篇都不知所云，读者第一反应是自己的智商不够，赞叹作者的思想深刻。

文章的好坏暂且不论，邀洋人，套洋装，穿古服，违背了"修辞立其诚"的古训，这种写作态度极不诚实。

六、投其所好

初读这篇文章分外纳闷：文中除了顺便提到陈年喜这个中国的矿工诗人外，其他十几位全是西方现当代文化名人，尤其是西方现代各派哲学的开山鼻祖，中国从古至今那么多文化名人怎么就入不了这位考生的法眼呢？要不是作者仍在用汉语写作，我会怀疑这是一位来自西方的考生。

后来看了一些相关新闻，我的疑云才涣然冰释。

据《钱江晚报》报道，"浙江大学人文学院中文系陈建新副教授，从2000年起担任浙江高考语文作文阅卷大组组长，主持每年浙江高考语文作文阅卷工作，评定每年的满分作文"！要命的是陈老师有一个特别奇怪的规定：作文里提到鲁迅、屈原、苏东坡的，都将被判为"套话作文"。"陈组长做了总结：出现在这类套话作文中的历史文化名人，以屈原、陶渊明、苏轼为最多，可称为套话作文中的'三巨头'，其他常见的还有庄子、项羽、司马迁、鲁迅、沈从文、胡适……而且不管作文的题目涉及的是爱国主义，还是环境保护，关怀底层大众还是建设精神文明，这些上述材料都可以被当作素材用于套作。"

中国一流的文化名人都进入了陈老师的"黑名单"，这个"黑名单"又发给了每个高考阅卷老师，作文中要是提到这些人名就别想高分，考生谁敢犯忌就让谁完蛋。

考生谁不渴望高分？谁有狗胆逆龙鳞？

于是《生活在树上》就像避瘟神一样避开了中国文化名人。

这篇满分作文只说了"白天出太阳，晚上升月亮"一类常识，并非有什么石破天惊的发现，这位高中生为什么要在高考作文中把语言弄得惊世骇俗呢？

答案仍然要到判卷老师那儿寻找。

就像讨厌提到中国文化名人一样，陈建新老师对作文的"学术化"也有特殊偏好。可是一个普通高中生难以明白什么是"学术化"，而且也无法做到"学术化"。

于是就有了《生活在树上》这种歪七扭八的文字。

并因此成就了一篇满分作文，还得到了判卷组长陈老师的好评："文字的表达如此学术化，也不是一般高中学生能做到的。"

无意指责陈建新老师，在担任高考作文组长二十一年期间，他无疑为浙江省作文判卷做了大量工作，谁都知道高考阅卷是份辛苦活。

更无意指责考生，哪个考生不希望高分？

但我不同意少数老师称赞《生活在树上》，表扬考生有"特立独行的个性"，也不认为考生是在"放纵自己的个性"。

考生哪敢特立独行，哪敢放纵个性？相反，他们是在小心地迎合考官，是在精明地投其所好。

这一切都情在理中，古今中外概莫例外。

因为古代宫女个个望幸，便有了"楚王好细腰，宫中多饿死"的悲喜剧。唐朝应试举人都想中进士，便出现了"行卷""温卷"的现象。约会情郎前姑娘会着意打扮，在心爱姑娘面前小伙也会万种风情。此时此刻，不投其所好才是有病。

我想起了中唐诗人朱庆馀的名诗《近试上张籍水部》：

洞房昨夜停红烛，待晓堂前拜舅姑。
妆罢低声问夫婿，画眉深浅入时无？

唐代礼部考试时试卷不糊名，考官可以看到这是谁的考卷，录取时除了细看考生的试卷外，还要参考举子平日作品和才华。社会上有名望地位的人还可以向考官推荐人才，甚至还可以决定名单名次，这叫"通榜"。为了给考官留下好的印象，为了得到身居高位者的举荐，应试举人考前将自己的得意作品奉呈考官和名流。中唐著名诗人张籍时任水部郎中，不仅自己的诗写得好，而且乐于奖掖后进，平时对朱庆馀的才气十分赏识。朱庆馀考前想听听张籍的意见，想得到张籍的鼓励，更想张籍方便时在考官面前揄扬自己。这事实上就是一首行卷诗。以夫妇或男女关系比拟君臣、父子、师生，是自楚辞以来的古典诗歌传统。就像马上要拜见公婆的新妇一样，快要进考场的朱庆馀忐忑不安，担心自己的诗文不合考官胃口，因此他以新妇自比，以新郎比张籍，以公婆比考官，以诗的形式委婉地探探张籍的口气，希望张籍为自己加油打气。"画眉深浅入时无"字面上的意思是说，我画眉的式样和颜色是不是入时，纸背后的意思则是我的作品是否符合时下的审美趣味？

张籍很能理解晚辈的心理，《酬朱庆馀》答诗给朱送去了温暖和勉励：

越女新妆出镜心，自知明艳更沉吟。

齐纨未足人间贵，一曲菱歌敌万金。

朱庆馀赠诗中自比新妇，朱自己正好又是越州人，因而张的答诗就将他喻为越国美女。新妆的越女"自知明艳"动人，既有几分自负，又有几分矜持，还有几分不安。"自知明艳更沉吟"一句，写出了朱当时的处境与心境。最后两句说，小子，挺起胸膛，别人不过徒有身着"齐纨"的华贵之表，你这一曲天然菱歌才是无价之宝。"一曲菱歌敌万金"是给朱庆馀最高的赞美，也是给朱庆馀最大的自信。

可见，考生迎合考官自古皆然，今天的考生投其所好并不丢脸。这倒是对命题和阅卷的老师提出了更高要求，在应试教育尚未彻底改观之前，考试内容和判卷标准，深刻左右着中小学生的学风和文风。

如在浙江高考作文阅卷组当了二十一年组长的陈建新老师，他不喜欢在作文中引用中国文化名人的名言，浙江考生的作文就成了西洋名人名言的天下。宋代欧阳修利用知贡举的条件，一方面阅卷时贬抑时文而推崇古文，另一方面录取自己得意的门生，如苏轼、苏辙、曾巩等人，推动了北宋的诗文革新运动。

选对品位极高的阅卷组长，确立极其健康的评卷标准，中小学生就会有积极健康的学风文风，我们的后代就会有健康的审美标准——这才是我们讨论《生活在树上》的最终目的。

我盼望，也相信，《生活在树上》的作者将会明白：投机取巧只能获利于一时，花拳绣腿永远不可能御敌。该生将来一定会脚踏实地阅读写作，将会用富于个性的优美语言，准确地论述自己的真知灼见，生动地表现自己的真情实感，让我们流泪，让我们受益。

最后，我想与《生活在树上》的作者和其他考生共勉：同学们，我们时时都要记得仰望头上的星空，但我们都不可能天天"生活在树上"……

原载2020年8月20日《光明日报》

阅读习惯与人生未来

人有丑俊，书有浅深。就像人有种种色色一样，书也分不同的性质和层次。

东汉思想家王充将当时的书分为三种：作、述、论。他的名著《论衡》刚杀青时，有人恭维他"可谓作者"，也就是说他的著作算得上是"作"。王充谦逊地说自己的书"非作也，亦非述也，论也"。他把自己的代表作取名为《论衡》。原创性著作可称为"作"，它们横空出世而自铸伟词，属于前无古人且后启来者的经典。或阐述他人之思，或综贯百家之绪，或引申前人之学，虽然没有原创性，但能自成一家言，这一类书籍称为"述"；或记录"思想火花"，或更正当时邪说，或分析一时变故，按王充的说法，属于"杂说"一类的东西统称之为"论"。

今天书籍的种类更为繁多，有经典著作与流行书籍之别，有专业著作与大众读物之殊，有文字读物与视频读物之异……网络上的绝大多数读物没有"书"的形态，但它们赢得了绝大多数读者。这些东西多数不会成书，它们的作者也不想著书。

可喜的是，随着互联网的发达和手机的普及，人类有可能真正实现"知识的普惠"，任何层次任何形式的书籍都能轻易得到，前人蔑视的"引车卖浆之流"都能阅读。地铁里，公交上，休息时，随时随地都能看到"低头一族"。

不过，这种情况让人"亦喜亦忧"——随着知识的日益普及化，知识也日益浅表化和碎片化。

知识的浅表化不仅在社会大众中存在，在研究生和学者中也很普遍，区别只在五十步与百步之间。譬如要写一篇李白诗中"月亮"意象的论文，前人就得通读李白全集，今人只需要在电脑中敲上"月亮"二字，李白诗歌中所有与"月亮"有关的诗句都蹦了出来。你根本用不着读李白集，甚至用不着去完整地读一首李白诗，一篇上万字的论文就糊弄出来了。前人说李白诗"豪放飘逸"，李诗何以"豪放"，又如何"飘逸"，写文章的作者可能两眼茫然，对前人的评论缺乏深刻的理解，对李白诗歌也缺乏深度的体验。钱锺书谈到李白诗中的月亮，今天学者也谈到李白诗中的月亮，表面上看"月亮还是那个月亮"，但此"月亮"非彼"月亮"。

知识碎片化的情况更为严重。过去获取知识大多来于书本，书本上的知识具有一定的系统性，而且还需要一定的逻辑证明或事实依据，这种知识往往系统完整，而且还具有逻辑上的连贯性。今天，无论是日常生活，还是学术研究，我们都不必积累大量的知识，更不必建立自己的知识结构，什么知识都可以"谷歌""百度"，什么材料都可以去文献检索。无须穷经皓首，无须强闻博记，无须学识渊博，在生活与研究中照样畅通无阻，在任何一个领域都潇洒无忧。只要你会"谷歌"，会"百度"，会搜索，无知可以显得有知，不学也可以显得博学。

长此以往，我们既难以认知哲人理论体系的深刻严谨，也难以体验诗人情感的博大崇高，甚至无法感受艺术作品的细腻美妙，因而，认识会越来越浮浅，心灵会越来越荒芜，审美会越来越庸俗。从来不去碰一碰原创性的经典，我们自己怎么可能会有原创性？

阅读大体上可以分为三大类：消遣性阅读、鉴赏性阅读与挑战性阅读。

消遣性阅读纯粹是为了消磨时光，比如在手机上刷刷天南地北的奇闻，看看男女明星的恩怨，上购物网上看看今年穿什么裙子，上旅游网上看看去哪些地方自驾游……这种阅读表面上是在"看"，其实是一无所"看"，因为他本来就没有打算去"看"什么，所以他才会什么都"看"。他阅读只是为了排遣无聊，希望这百无聊赖的日子赶快溜走，盼只盼"马儿呀快快地走"，这就是所谓"不做无聊之事，何以遣有涯之生"。

鉴赏性阅读包括听轻盈优美的音乐，看赏心悦目的画册，读文字优美的游记，读情节曲折的小说等等。这类阅读轻松愉快，紧张思考之余，下班归来之后，听听音乐，翻翻画册，品品字帖，读读小品，既能使自己身心放松，又能提高自己的审美能力，还可以使自己情感丰富细腻，这种阅读有"一石三鸟"的多重好处。

最后一种阅读就是挑战性阅读。人类流传下来的伟大经典，还有专业公认的名著，这一类经典著作都是挑战性阅读的读物。要想挑战自己的智力极限，要想攀登灵魂的珠穆朗玛峰，最佳选择就是挑战性阅读，去阅读那些伟大的经典，去结交那些非凡的智者或崇高的伟人。

一位西方作家曾不无调侃地说，所谓"经典著作"就是人人说好，但人人不读的那些书籍。的确，经典大多数是在人们书架上被"供奉"，并不是在人们案头上被阅读。为什么会出现这种情况呢？或深度超出了自己的智力范围，初读往往不知所云，如罗素的《数学原理》、弗雷格的《算术基础》；或行文过于晦涩艰深，超出了一般读者忍受的极限，如康德的《纯粹理性批判》、海德格尔的《存在与时间》；或自己缺乏必要的知识准备，或时代相隔十分遥远，今人无法领略书中的美感，如屈原的骚赋、杜甫的诗歌、但丁的《神曲》。这些经典是人类的精神宝库，但大多数人不得其门而入，它只向那些勤奋坚毅者敞开大门。

经典绝不能"随便翻翻"，再三思考琢磨才能探骊得珠，反复咀嚼才能品咂出它的味道。经典不是心灵的"可口可乐"，我们可以咕噜咕噜地一饮而尽，它需要我们不断钻研才能常读常新，如先秦的《庄子》、司马迁的《史记》、马克思的《资本论》、黑格尔的《精神现象学》，你越读越觉得奇妙无比。倘若真正读懂了这些经典，你会有一种"一览众山小"的开豁；倘若终身浸润于伟大的经典之中，你将"身心获益靡涯，文笔增华有望"。

可惜，有"会当凌绝顶"雄心的人很多，但最后实现"凌绝顶"志向的人极少。古人常常感叹，"学者如牛毛，成者如麟角"，学无所成的原因是没有定力。人与人拉开差距的关键，大多不是智力的高下，而是毅力与恒心的大小。包括我在内的许多朋友，"会当凌绝顶"的雄心不过一时心血来潮，还没有爬到半山腰就见难而返。

弃难图易是人的天性，"东海西海，心同理同"，套用王尔德的话说，所有人都有惰性，连我也有惰性：只要能读消遣读物我就不读经典，只要能读中文我就不想读英文，只要能读现代文学我就不想读古代文学，只要能看电视我就不想读书，只要能玩手机我就不会看电视……

当然，今天人们无法拒绝手机阅读和网络阅读。问题是，能否让网络空间也飘溢书香？是否也能在手机上咀嚼经典？看来人们已经发现了问题的严重性，就像大家拒绝快餐食品一样，人们会逐渐改变消遣式浏览，已经有一些机构在着手有益的尝试。在年轻人手机App里占有重要位置的"今日头条"与"抖音"，联合了国家的权威报纸和有影响力的文化出版机构，如《光明日报》、北京出版集团、中信出版集团、果麦文化等，启动了"都来读书"全民阅读计划。"都来读书"——"来"到纸质书与网络空间，"读"古今中外的各类经典。一方面承传纸质书本阅读经典的优良传统，另一方面在网络空间中培养挑战性阅读的习惯，同时在纸质书本与网络空间中培植深度阅读的土壤。

稍稍留意一下就不难发现，不同的阅读和思考习惯，短时间内看不出有什么差别，时间一长就出现天差地别：有的才华出众，有的"泯然众人"。你自己选择了什么样的阅读习惯，你就为自己选择了什么样的人生。

原载2020年4月23日《光明日报》

吃粤菜，读好书

受广州购书中心的邀请，有机会在金秋时节来到广州这座美丽的城市，有机会认识这么多比金子更珍贵的朋友，我深感荣幸。

"吃在广州"天下妇孺皆知，说来伤心，我第一次"吃在广州"已年过而立，记得三十多年前在这儿吃早茶，我由衷地感叹"广州人真幸福"。我国四大菜系中，鲁菜稍嫌油重，淮扬菜略带甜腻，我最喜欢粤菜和川菜。川菜的红油麻辣，近于诗中色彩浓丽的李商隐，而粤菜的清淡天然，则酷似纯真自然的陶渊明。年轻时更喜欢川菜的刺激，年老后则偏好粤菜的素淡，借用元好问评陶诗的名句来说，粤菜真可谓"豪华落尽见真淳"。

我小学和中学基本都是在"文化大革命"中过来的，青少年时期留给我最深的记忆，是那种叫人坐立不安的饥饿，陶渊明《乞食》诗"饥来驱我去，不知竟何之"，至今读来还让我鼻子发酸。已过花甲，我还像练过轻功似的身轻如燕，每当朋友问我

"如何保持身材"，我都是用"一脸苦笑"来回答他们。正长身体的时候严重营养不良，我的身材从少至老就没有"发福"过，我一见到胖子就有一种梁山好汉"劫富济贫"的冲动。

物质上的营养不良容易露馅，精神上的营养不良很好遮掩。我们这一代人几乎都有程度不同的"文化基因"缺陷。譬如，我中小学是在学农、学工、学军中度过的，没有上过音乐、绘画、英语课，到现在还是五音不全，到现在还没有提过画笔，上大学才开始学英语，舞蹈仅停留在大爷大妈广场舞水平，钢琴和小提琴小时根本没见过。连身体的营养也无法保证，谁还有心思考虑精神营养？恰如吃饭时饥不择食一样，阅读也是碰上有什么书就读什么书。在中小学我们都是同学们之间相互借阅，有时一本书读成了"猪油渣"，我读过的很多书都是无头无尾的。那时很少人家中敢藏书，我们一借到书便马上抢读和偷读，因为还有很多同学正排着队借阅。要么是老师在台上讲课，我们把头埋在桌子下面看书，要么干脆撒谎旷课，一个人跑到外面抢读。

现在想来，缺少食物，没有书读，也不全是坏事。由于饥肠辘辘，任何食物在我嘴里都是美味佳肴，因为没有书读，随便什么书都读得津津有味。十七岁那年，一个武汉知青给了我一个苹果，当时吃苹果的样子要是制成抖音，肯定比我现在所有的短视频都火。苹果吃完了还要舔指头，很长时间仍然闭着眼睛回味无穷，觉得只有仙人和伟人才能天天吃苹果。二十多年前，见我儿子竟然不喜欢吃苹果，我一时诧异得快要失控，还有比不喜欢吃苹果更匪夷所思的事情吗？小时候根本没有选择，家里有什么就吃什么，我从小就没有挑食的坏习惯。一直到现在，天上飞的，水里游的，地上跑的，田里种的，没有一样我不喜欢吃的食物。不仅饭量大，而且胃口好，吃饭倍儿香，喝水也倍儿甜。

我中学时抢读和偷读书，一是怕同学催还，二是怕被老师发现，今天的年轻人想象不到那是如何紧张刺激。读书可能和谈恋爱一样，偷偷摸摸地进行才格外来劲。那时要是有手机就好了，随便录一个我们当年读书时的短视频，就能让青年学子知道什么叫"如饥似渴"。

那时不仅没有手机，也没有电视，更不可能打游戏，两三个月才能看一场电影，读书就是我小时候最大的快乐。由于书和食物都严重匮乏，没有条件挑食，也没有条件挑书，反而养成了广泛阅读的兴趣。由于常常无书可读，我慢慢喜欢上了数学，那是因为数学书最耐看，一本厚厚的《初等代数》可以读半年，没有书看时就去琢磨数学。今天我们在食物和书籍上有更多的选择。一个幸福的广州人，根据自己的口味和营养需求，可以变着法子去吃广州菜、潮州菜，可以交替着吃海鲜、吃鸡鸭，还可以轮换着吃荤吃素，下一代普遍比父辈个头高身体好。

以广州为中心的华南地区，近代以来不仅食物鲜美可口，而且学术文化繁荣昌明。特别是改革开放的这四十多年里，祖国各地的优秀学者大批"孔雀东南飞"，中山大学、华南理工大学、暨南大学、华南师范大学等名校聚集了大批文化精英，广州早已是我国的文化重镇。广州人"好吃"又"会吃"，广州人更"好学"且"善学"。广州人在吃喝上从不吝啬，广州人在读书上更舍得花钱。大数据告诉我们，广东、江苏、浙江是我国的买书"大户"，可以想象在不久的将来，广州不仅到处都能吃到美味，而且遍地都洋溢着书香。

当然，有了更多的选择条件，也可能造成选择的迷茫。今天的广州人可以吃正宗的粤菜，也可以吃外来的肯德基；可以品读中外名著，也可以刷手机上的八卦。可能有人说这十分正常，萝卜白菜各有所爱。如果只是偶尔吃点肯德基换换胃口，只是短时间看看手机上的八卦解乏，这当然属于人之常情，但要是只喜欢吃肯德基，只是疯狂地打游戏玩手机，这种"所爱"就属于病态了。令人遗憾的是，这种病态在很多地方已经成了"瘟疫"，在很多人那里已经"病入膏肓"。无论是城市还是乡村，无论在地铁、公交等公共场所，还是在私人空间，到处都是"低头一族"。机场或地铁里捧着书的家伙，在众人眼里可能成了外星来的怪物。不管你想读哪种类型的书，网上和书店随时都可以买到，各大图书馆里随时可以借到，在购书和借书极为方便的今天，人们突然失去了阅读的兴趣，恰如四周都是美味可口的粤菜，人们却患上了厌食症，好像后宫到处是绝色美人，但太监见了既无心也无力。

由于生活的节奏过快，人们的工作压力过大，时下流行听音频和看视频缓解疲劳，"听书"已经取代了"读书"。看视频讲解的优点是形象生动，但绝不能代替自己阅读。听别人读书就像吃别人嚼过的饭，味道和营养都差远了。

朋友们，假如大家不故弄玄虚，我们所追求的"幸福人生"，不过就是吃自己喜欢的菜，读自己喜欢的书，干自己喜欢的事，爱自己喜欢的人。

我们学校博士生导师六十五岁退休，再过两年我就可以退休了，一想到退休我就心情激动。8月18日这套九卷本作品集在上海书展上举行了隆重的首发式，我在首发式上致辞的题目是《美好的人生才刚开始》。这些天来我一直在憧憬和筹划着退休生活。拟在广州、深圳或珠海觅得一间斗室，斗室四周摆满自己的藏书，在夏无酷暑冬无严寒的环境里，一日三餐享受清淡滑嫩的粤菜，泡一壶上好的凤凰单丛或冻顶乌龙，细读自己特别想读的好书，录制一些既有益又有趣的课程，写一点对得起自己的文章，这就是我理想中的神仙日子。"红袖添香夜读书"是古代书生的白日梦，如今的家居生活用不着"添香"，一个六十三岁的老头更用不着"红袖"。粤菜、单丛、乌龙、好书，足矣；至于"红袖"，免了。

谢谢大家！

2019年8月30日

当心！闲置的大脑将被收走

电脑只是我上网和写作的工具。这几年我用的电脑都不太便宜，可惜95%以上的电脑功能都被闲置。就个人而言是没有"物尽其用"，就电脑来说是"大材小用"，既浪费了自己的金钱，也浪费了社会的资源。

一位学生对我说，我买一台高档电脑，其实是把一大半钱扔到水里。

去年，朋友给我送了一部高档的苹果手机。我用手机仅限于打电话，偶尔才拍几张照片，最廉价的手机也具备这些功能。用那位学生的话说，这部手机至少80%的钱是扔到了水里。

从家用电脑我想到了人的大脑。

爱因斯坦是人类最伟大的科学家之一，他生前立下遗嘱，死后捐献自己的大脑，用来作医学科学研究。他是人类公认的"天才中的天才"，研究的结果发现像他这样的绝顶天才，也仅使用了自己大脑潜能的百分之几。连伟大科学家的大脑使用率也不到

10%，普通人的大脑的使用率之低更可想而知。

电脑功能的闲置还有人可惜，它毕竟花了我们的血汗钱，大脑功能被废弃却没人心疼，因为人的大脑无须花钱购买，一生下来上帝就慷慨地给我们每人配备了一个。大家无意识地觉得，上帝给我们配备的大脑，不管是用还是不用，都无所谓浪费不浪费，用不用都不必花一分钱，不管是多用还是少用，脖子上的大脑反正都是自己的，别人无论如何都抢不走。

有道是苍天有眼，自己闲置的大脑虽然他人抢不走，但最后统统都将被上帝收走。

大家都知道，大脑的功能用进废退，长期不用会导致不能使用。开始是不想动脑，慢慢是不会动脑，最后是不能动脑，这样，脖子上的大脑便成了一坨烂肉，这就是人们常说的"木头脑瓜"。

"木头脑瓜"虽然长在自己脖子上，可他的脑瓜却是"别人的跑马场"，他的嘴巴是别人的传声筒——别人怎样想他就怎样想，别人怎么说他就怎么说。这种人在生活中常常被人当枪使，真是枉有一颗头颅，也枉做了一回人。蠢人可能跟着别人行善，也可能跟着别人作恶——原因是他们自己分不清善恶。西方一位哲学家说，假如没有智慧，肯定就没有美德。恶棍往往装得像圣人，圣人有时被骂成恶棍，辨别是非善恶特别考验一个人的智慧。

如果一个人从小就没有养成独立思考的习惯，从小就没有一点怀疑主义精神，成人后大脑就是木头脑瓜，对别人的煽动蛊惑深信不疑，不知也不敢进行大胆的质疑，只知道服从甚至盲从，只是被别人利用的工具，只是为别人活了一生。英国哲学家罗素（Bertrand Russell）说，让小孩学会怀疑是成人的第一步，为此他还特地写了一本《怀疑论文集》（*Sceptical Essays*），这本书的英文版在孔夫子旧书网上还能买到。

如果说学会怀疑是成人的第一步，那么学会思考则是成才的第一步。让孩子学会思考是一门大学问，这儿我想推荐一本相关名著《我们怎样思维》，作者是美国哲学家和教育家杜威。从思维的界定到"逻辑的探讨"，再到"思维的训练"，这本讲思维的书堪称"思维清晰"。不过，它是专门写给成人看的，尤其是写给从事教育工作的成人看的。遗憾的是，作者更多考虑的是读后是否有益，却很少注意到读时是否有趣，前不久我推荐去阅读这本书的那位研究生，宣称"它简直没有办法读下去"。

要想让孩子能够学会独立思考，先要让孩子能体验到思考的乐趣，要是思考成了一件苦差事，谁还愿意从事思考？世上没有谁愿意自讨苦吃，更何况那些孩子呢？

除了让孩子能体验到思考的乐趣，还要让孩子能感受思考的成绩。这就需要我们循循善诱和循序渐进，太难会使孩子失去信心，太易会使孩子觉得无趣。给孩子出的题要有一定的挑战性，但又不能超出他们智力的范围。

譬如数学本来就不"赏心悦目"，大多数小孩学起来肯定无趣，如果性急的家长揠苗助长，让小孩学习超前的内容，数学对他们来说就是"天书"。再加上有些家长和老师极不宽容，不给小孩留下犯错的空间，他们考分一低就会挨批挨骂，这样，数学课就成了对小孩的"惩罚课"。有些成人终生讨厌数学，倒不是他没有数学天赋，而是他小时候学数学的痛苦经历，使他一朝被蛇咬，十年怕井绳。大多数人觉得数学特别"磨人"，可大数学家陈省身都说"数学特别好玩"。陈先生实在太幸运了，他的父母或数学老师无疑是杰出的，使他从小在"玩"中学好了数学。假如"玩"就是"学"，那么"学"也就成了"玩"，要是大家都觉得学习"好玩"，那用得着老师和家长监督小孩学习吗？

小时没有得到激发和诱导，长大了必定不喜欢动脑。喜欢思考事实上是一种习惯，这种良好的习惯一旦养成，他的大脑就肯定闲不下来，遇事他就要琢磨一番，越是难题他反而越喜欢"应战"，而且特别愿意和那些聪明的人交流，就像那些下棋高手一样，总乐意找那些"棋王"过招。

很多成人喜欢做一些单调重复的劳动，看起来好像十分勤快，实际上可能是不愿动脑子，他们是一伙思维上的"懒汉"。长期从事单调重复的劳动，人慢慢变得像拉磨的驴子，大脑无疑会越来越迟钝。更何况简单重复的劳动，既不能给他们带来快乐，也不能给他们带来收入。有人说一听说要写作文就"脑壳疼"，这是由于小时候有这方面的痛苦经历，以致把写作这类精神劳动，当作一种不堪忍受的人生折磨。大文豪苏东坡说天下乐事莫过于作文，正是由于体验到了作文的快乐。

有些人见到难一点的技术活，马上就埋怨自己"脑子笨"，人们有所不知，"脑子笨"只是病症，而"脑子懒"才是病根。

记忆的情况也是一样，人们对记忆的误解或许更多。

常听人夸某某"过目不忘"，史书上也常记载某某"一目十行"，这类神秘兮兮的夸张，既不符合历史的真实，也不能激励人们的斗志。读书人大多爱自吹自擂，很少在人前坦承自己如何刻苦，而是经常对别人炫耀自己如何聪明，刻苦是个人的努力，聪明是上帝的天赋，刻苦可以学习，而天赋只能钦佩。

记得在大学上英语课，一个单词随背随忘，一想到有人过目不忘，我就自卑得想要跳楼。每当记不起从前早已背熟的诗词，我就近乎绝望地叹息"记性不好"。后来考取了研究生，再后来在大学教书，自己接触到"学富五车"的人越来越多，而"过目不忘"的人迄今一个也没见着。

"不畏浮云遮望眼，只缘身在最高层"，见过了许多渊博的学者，才知道学者的渊博是用"笨功夫"换来的。教我先秦文学的石声淮教授，是钱锺书先生的妹夫，在我们学校被称为"移动的图书馆"，除了国学根基深厚以外，英文和德文也很了得。他博学的诀窍是反复记诵和高度专注，绝非传说中所谓不费吹灰之力的"过目不忘"。还有我校真正的国学大师张舜徽先生，他的学术气象宏伟浩博，读读他的《八十自叙》，来看看他是如何用功的：

日月易得，明光如流，入此岁来，而吾年已八十矣。自念由少至老，笃志好学，未尝一日之或闲。迄今虽已耄耋，而脑力未衰，目光犹炯。闻鸡而起，尚拟著书；仰屋以思，仍书细字……余之一生，自强不息，若驽马之耐劳，如贞松之后凋，黾勉从事，不敢暇逸，即至晚暮，犹惜分阴。因自号无逸老人，所以自概其生平也。

掌握了诵读的窍门，养成了思考的习惯，失败了也无须沮丧，就没有想不出来的难题，没有背不下来的诗文。

许多人偶尔记忆"短路"，马上就断定自己"老了"。古人有"人过三十不学艺"的胡话，曹丕三十多岁就慨叹"已成老翁，但未白头尔"，这些都是极其不良的心理暗示。

肯定很多朋友有这样的可笑经验，明明自己的身体十分健康，在书上或网上看到某种病症，马上就怀疑自己也患有这种疾病，而且越想越像真的患上了。怀疑自己身体上得病，幸好还能到医院进行确诊排除，要是怀疑自己"老了"，认定自己的记忆力衰退，那一定就会从疑病坐实成真病，因为是否"老了"关键在于心态，你觉得自己"老了"，你就可能真的"老了"。

只要你觉得自己年轻，那你真的就十分年轻。判断一个人是否年轻的标准，不是他的生理年龄，而是他的精神状态。我从没有觉得记性比自己的研究生差，抢记起来我可能比有些研究生还快。

大脑其实生得很"贱"，你越使用，它就越听话；你越闲置，它就越不听使唤。

明朝有位学者曾经说过："人皆为可上可下之才。"

博学大都来于苦学，天才其实多为凡人。

2020年11月25日

知识接受的"偏食"
与知识生产的"趋时"

——知识付费时代的焦虑

（在"知识付费"讨论会上发言节选）

朋友们：

下午好！

与会的各位朋友都是各界精英，在知识生产方式、供给和管理方式发生深刻变化的时代，能聆听各位朋友有关知识产权和知识付费的宏论，我不仅深感荣幸，而且十分珍惜。假如人的器官可以随意装卸，我这次来北京的时候，肯定只会带上耳朵，绝不会带来嘴巴，我大老远跑来是为了聆听，要是想啰唆我何必跑来北京？今天这个场合，主办方让我第一个发言，只因为我是外地来京的客人，尤其是因为我的白发特别显眼。此时此刻，说真的，我连"抛砖"的勇气也没有。

我一直在大学里教古代文学，带博士生后开始教古典文献学，上海文艺出版社即将出版的九卷本"戴建业作品集"，其中有一本《论中国古代的知识分类与典籍分类》。

因此，请允许我先掉一下书袋，看看我们祖先的知识概念、知识分类与今天的异同。

先秦的文献典籍中早就有"知识"一词，如《墨子·号令》中两次出现"知识"："邑人知识、昆弟有罪""其有知识、兄弟欲见之"。但这里的"知识"都是指相识的朋友和熟人，与我们今天所说的知识是两回事。东汉末年孔融《论盛孝章书》中"海内知识，零落殆尽"，白居易《感逝寄远》诗："知识三分中，二分化为鬼"，罗贯中《风云会》："但有知识，当为国引进"，一直到明清，"知识"一词都是指相识或熟人。

由于受到生产条件和物质条件的限制，我们先人并没有形成知识的概念，甚至没有追问过什么是"知识"。譬如先秦各家各派的创始人，无论是儒家、道家，还是墨家、法家，或开门授徒，或著书立说，或热衷道德教化，或提供救世良方，但没有一人以生产知识为己任。没有形成知识的概念，没有确定知识的标准，就无法进行科学的知识分类。《论语·先进》中的"孔门四科"——德行、言语、政事、文学，《论语·述而》中的"孔门四教"——文、行、忠、信，都不是知识分类或学科分类。春秋战国时期百家争鸣，学术思想十分活跃，但只有学派而无学科。《庄子·天下》和《荀子·非十二子》，罗列的全是当时的各个学派。儒、道、墨、法等家虽然思想各不相同，但它们研究的对象却别无二致。《周礼》中的六艺——礼、乐、射、御、书、数，才比较接近今天所说的"知识"。

古代雅典则完全不一样。苏格拉底、柏拉图和亚里士多德等人，不断对"知识"进行定义：

1、知识就是被论证或验证的正确观念

2、知识就是被接受的正确观念

3、知识就是被回忆或被感知的观念

古代雅典有学派也有学科，如亚里士多德的著作涉及哲学、伦理学、心理学、逻辑学、教育学、政治学、物理学、生物学、气象学、动物学等，相应的著作有《形而上学》《前分析篇》《后分析篇》《物理学》《气象学》《政治学》《动物志》《经济学》《尼各马可伦理学》等。学科的分类与知识的分类相辅相成，有不同的知识类型才有不同的知识分类，有不同的知识分类才有不同的学科分类。

西汉刘歆在其父《别录》基础上，编成了我国第一部官修目录《七略》，完成了"总百家之绪"的伟业，《汉书·艺文志》基本是《七略》的节缩本。七略实为六略：六艺略、诸子略、诗赋略、兵书略、术数略、方技略，前面再加上一个总论"辑略"才凑成七略。《七略》是一部国家图书目录，它不仅以儒家意识形态为中心，而且其分类标准也不统一，兵书略、术数略、方技略，这些偏于实用工艺、医术、手工、占卜、术数、骨相一类的知识，仍然能与六艺略、诸子略、诗赋略偏于人文伦理的知识并列。到西晋荀勋开创四部，经史子集至《隋书·经籍志》而定型，至清乾嘉《四库全书总目》而集其大成。从四部"经史子集"名称就可以看到，图书分类完全成了人文经史的天下，医术方剂、占卜迷信、兵书兵术、手工技艺一类形而下的知识，全部淹没在经史子集这些人文知识之中，汉代兴盛的房中术一类性知识更没有立身之地。

从知识的盛衰不难发现，实用性知识技术不断萎缩，从事实际事务和实用工艺的人越来越没有地位。在隋唐的国子监里，上层权贵子弟才能学习经文诗赋，唐代最看重的进士考试，考试内容也是诗赋创作，到明清又变为考八股文，真是九斤老太太说的"一代不如一代"。

人们重文轻理的知识取向，一直影响到"五四"以后那些学贯中西的文化精英，二十世纪上半叶诗人作家和人文学者，长期处在社会舞台的聚焦灯下，梁启超、胡适、鲁迅、郭沫若、徐志摩这些人吸引了全社会的目光。徐志摩那首《再别康桥》迷倒众生："轻轻的我走了，正如我轻轻的来；我轻轻的招手，作别西天的云彩"，让无数青年男女疯狂，让绝顶聪明漂亮的陆小曼以身相许。今天一个写诗的穷小子，谁有本事"轻轻的招手"，就能勾引到陆小曼这样天仙般的姑娘？

网上有则段子说，一小偷到北京朝阳东北角作案，不巧与北漂的年轻诗人撞了个正着。诗人对小偷说："老兄，手下留情，我是诗人。"一听说眼前这倒霉鬼是个诗人，小偷马上动了恻隐之心："老弟，对不起，往后要是吃饭困难找我，来扫一下我的微信。"

在十九世纪时，黑格尔就宣称人类已经进入了"散文时代"，"诗性"开始远离我们这些"文明人"。不仅我们的生活了无诗意，我们自己就是一篇又臭又长的"散文"。

今天，我们应当特别警惕的是，有可能从一个极端走向了另一个极端，从当年的"沉溺词章"变成了"只向钱看"，那些能够迅速致富的知识才"有用"，那些已经致富的人才吃香，所以马云、刘强东等人成为今天的偶像，他们的举手投足都是人们的谈资。

这种对知识的价值取向，自然会影响今天的知识生产，知识付费又加剧和加速了这倾向。古人常常感叹，"诗书虽满腹，不值一囊钱""百无一用是书生"，在知识付费的时代，只要你给用户提供的知识"有用"，你口袋里就不愁没钱用，你自己更不会"百无一用"。像百度、腾讯、今日头条这样的巨型网络公司，它们给作者提供大平台，使知识生产者能尽快及时地推广自己的知识产品，同时也能把自己的知识，很快变成自己银行的现金。

网络迅速将知识变现，可以预料，我国的知识生产会成几何级数增长，某些知识肯定比"发明专利"增长更快，因为有些专利能够变为钞票，有些专利可能只是纸上的"专利"。网络上提供的知识则是定点定量供应，网上标明"付费"知识的变现，只会是变现多少的问题，不存在能否变现的问题。大数据时代我们都没有隐私，网络公司知道每个人此刻喜欢什么，每个人此刻需要什么。今天你点击过某类文章,明天就给你传来一大堆此类文章,今天你点击过美女图片,明天你打开电脑就是百花争艳。

算法和流量告诉我们,哪类文章和视频最受欢迎,哪类人群喜欢哪类知识,这不仅使作者可以精准地"量身定制",也使网络可以定时定量地"送货上门"。这深刻地左右了知识生产,那些受人欢迎的知识会被大量炮制出来,而受人冷落的知识就无从产生。在时间就是金钱的时代里,谁会去生产没人下单的废品呢?未来的知识生产将走向"看菜吃饭,量体裁衣",有哪方面的群体需求,就生产哪方面的知识。

大数据能精确地知道每个人的知识需求,使得知识生产能"按需供应",精神生产开始像物质生产那样"见订单开工"。积极的一面是作者能瞄准客户,"有的放矢"地进行知识生产。知识生产者不会做无用功,知识消费者能得到满意的知识,这可以实现生产者与消费者的双赢。

不过,付费时代的知识生产,也并非全是"捷报频传",任何一个铜板都有正反两面——

首先,在这个浮躁而且实用的时代,一夜暴富是许多人的人生梦想,他们只关注那些快捷实用的知识,在他们眼中,知识要是不实用就必定无用。这可能导致某些知识畸形发展,某些知识日益萎缩,某些知识可能失传。社会精英往往学有专长,有的为社会提供超前的思想,有的推进人类的思维能力,有的为人们提供"新感性",有的更新人类的想象空间,有的则是为我们创造实用知识。创新思想、更新思维、拓展想象,都需要艰辛的精神劳作,尤其需要很高的才华,而且学起来也很有难度,好些原创性著作不下苦功根本无法弄懂,即使弄懂了也很难带来经济效益,至少不能为消费者带来"立竿见影"的好处。这类创造性精神劳动,写起来难,学起来也难,如果不能在市场上变现,写的人不能因它获益,学的人又不能拿它挣钱,那还有谁去写它,又还有谁去学它呢?

其次,进入商品经济社会后,无论精神的还是物质的产品都成了商品,但在大数据和计流量之前,精神生产还具有较大的盲目性,精神产品的创作者还是"我行我素"。此前的精神生产和物质生产常出现不平衡性,此后二者的生产就会越来越趋同了。唐代杜甫"新诗改罢自长吟",贾岛诗成之后"一吟双泪流",都是对自己创作的自我欣赏,作家或诗人自己觉得怎样好便怎样写,所谓"文章千古事,得失寸心知",诗文的好坏只有我知道,所以我的文章我做主,尽力写出自己非常满意的作品。进入知识付费以后,作者首要考虑的是消费者喜不喜欢,而不是自己喜不喜欢,作品完成后自己"一吟双泪流"没用,只有消费者激动得流泪,自己才可能富得流油。知识生产者都会牢记"顾客是上帝",一切都以"流量为王",作品的优劣不取决于艺术水准的高低,而取决于网上流量的大小。这样,作者全心全意地讨好消费者:消费者喜欢什么内容,我就编什么样的故事;消费者喜欢什么风格,我就模仿什么风格；消费者喜欢什么样的人，我就装成什么样的人。

俗话说，只有和人过不去的，没有和钱过不去。网络公司需要计算每日每时的流量，作者再也不会十年磨一剑，作品再也不可能千锤百炼。如果还像贾岛那样"两句三年得"，作者就真的和钱过不去了，他和家人就只有去喝西北风。如果一位职业写手，还像过去那样字斟句酌，他连自己也无法养活，还有谁愿意和他成家呢？为了生计必须每天码多少字，每天发多少视频，每天画多少张油画，等等，不管你有没有灵感和激情，你都要像工人制零件那样制出规定的数量。先要产出足够的量，才可能有足够的流量，有足够的流量才有足够的金钱。作者不会在意作品的艺术水平，只考虑能否喂饱消费者，能否让消费者心甘情愿地掏钱。

人们常说世上最困难的工作是：把自己的思想装进别人的脑袋，把别人的钱装进自己的口袋。如今，作者不能有自己的思想，消费者喜欢什么样的思想，他就提供什么样的思想。生产者以消费者的好恶为转移，一切努力就是要让消费者满意。因此，作者开始是不敢说出自己的思想，后来逐渐便没有自己的思想。

最后，为了争取最大的流量，网络平台同样得照顾消费者的喜好，消费者爱看哪些内容，它们就会提供哪些内容。今天你在京东网看了一下裤子，明天点开网页到处都是裤子广告；今天你在网上瞟了几眼帅哥，明天你的网页上帅哥便结伴而来。知识"上门服务"的好处就是"贴心温暖"。过去无论是新闻消息还是实用知识，报纸、电视、网络和书本，对所有人都"一视同仁"，你想看就去找来看，不想找或不会找就拉倒。大多数情况下，你不感兴趣的内容也硬塞到你眼前，让你绕不开也甩不掉。用同一副冷脸面对所有人，过去我们对这种知识的供给方式十分反感。不过，任何事情都是有利有弊，不可能像美女那样"三千宠爱在一身"。在今天数据和流量时代，知识的个性化供应固然"服务周到"，但我们只能看到自己爱看的知识，所有自己讨厌的内容都不会呈现在我们眼前。

谁都明白，长期偏食会造成营养不良，同样，长期只看自己喜欢的知识，会造成我们知识结构单一，会使我们的视野偏狭。卡西尔认为，人其实是一种符号动物，我们对世界和自身的认识，一般都是通过语言文字和音响图像获得的。譬如，是文字和图像告诉我们地球是圆的，是影像告诉内陆居民大海是蔚蓝色的，也是图像告诉我们珠穆朗玛峰常年积雪……只有接收各种各样的知识，我们才能获得完整的世界图像，才会形成广阔的知识结构。只有看自己不懂的知识，我们才会不断进步；只有看自己不喜欢的知识，我们对人事才会有客观的认识；只有看那些对自己有挑战性的知识，我们自己才会变得越来越聪明。一味讨好消费者的知识供给方式，迎合了人的欲望，满足了人的需求，但可能使我们日益单调、懒惰和愚昧。

希望像今日头条、百度、腾讯这样的网络巨头具有社会责任感，在兼顾按需供应知识的同时，也给消费者提供完整全面的知识图景，提供多声调的新闻信息，提供丰富多样的知识内容；在经由电脑按量推送知识的同时，也通过人工来按质推送知识。新奇的思想，艰深的学问，先锋的创作，它们的流量较小而意义重大，能够提升全民族的精神层次和文明素质，可惜，在目前这种知识供应方式中，它们永远不可能被呈现在消费者面前。此类知识既然没人推送，最后就一定没人生产。

这种情况一旦真的出现，我们只能一声叹息。

以流量大小来供应知识，以订户多少来评价优劣，个人可能在心满意足中独食和偏食，民族可能在皆大欢喜中进行逆淘汰。

也许我是杞人忧天。

今天，我肯定在大煞风景。

全怪我这张乌鸦嘴。

谢谢！

2019年4月27日草于北京
2019年5月2日改于武汉

失手又何妨？

——闲话高考

马上就是一年一度的高考日。考试就是一次竞技，正如赛场上不可能人人夺冠一样，考场也不是个个都能金榜题名，总会有人登科有人落榜，从来是几家欢喜几家愁。自然，高考也与竞赛一样，结果常出人意料之外，以为可以高中的偏偏落第，以为去陪考的恰恰考取。

古人把科举考试称为"文战"，既然是"文战"就有胜败，而胜败乃兵家之常事。任何考试都充满了偶然性，考分最高不一定学问最好，才气最大也不一定榜上有名。伟大诗人杜甫进士落第，原因是奸相李林甫从中作祟，清代乾嘉自许学识"天下第一人"的戴震，几次赴考都铩羽而归，最后还是乾隆皇帝"赐同进士出身"，这些都说明考试总会出现意外。

中唐的三位文豪中，柳宗元和刘禹锡刚过弱冠就同榜及第，科场上算是春风得意，而另一位散文大家韩愈却三连败，第四次才算如愿以偿。刘禹锡有"诗豪"之称，与柳宗元并称"刘柳"，韩愈和柳宗元并称"韩柳"，他们同为著名思想家和散文家。这三位的才华学问难分高下，但他们在科场上却有先后，年纪较小的刘禹锡和柳宗元反而捷足先登，韩愈却屡考屡败。套用《西游记》中孙猴子的话说，人才不可以靠考分来评，海水不可以凭斗来量。

一千多年的科举制度，使国人至今还有很强的"状元情结"。每个省、每个市、每一年的文理状元，各地的报纸和网络都会有大量报道，他们所在学校也会敲锣打鼓报喜，在门口张贴大红喜报，各地方政府要给状元重金奖励，北大、清华更要到各省市掐尖状元，状元几乎像当年进士一样风光无限。可恢复高考这四十多年来，无论在教育、科研，还是在行政、商业，高考状元中都尚未出现顶尖人才。

我这样说并不是要贬损状元，更不是轻视各名牌大学里的才子，只是想提醒一下考生和家长，对高考要有平常心态。高分固然可喜，低分也不用担忧，机会永远向奋斗者敞开大门。

顺便也想提醒一下世人，落第的考生更需要我们送上温暖，没有考上名牌大学，不一定就不能成就功名。一二十年前，复读三次才考上杭州师范学院的马云，谁会知道他将改变商品的销售方式？谁会知道大家离不开的微信，竟出自深圳大学毕业生马化腾创办的腾讯？

几年前，南京大学周宪教授去深圳考察，回校后给学校的报告中说：学校应该迅速改变人才的培养方式，重新确立人才的评价标准。在瞬息万变的社会里，中规中矩的考试高手，很难成为各行各业的领军人物，而那些敢想敢干的"莽汉"，极有可能杀出一条血路，成为业界横刀立马的英雄，在各个领域都卓然挺立。

所以说学历绝不等于能力。人生的道路很长，谁能保证永不跌跤？考生们难道忘了"失之东隅，收之桑榆"的典故吗？祖宗给我们留下的这个成语，包含了丰富的人生智慧，它足以化解或减轻高考焦虑：今天在这儿失去的，明天会在那儿得到。

别听"高考定终身"的鬼话，不仅高中阶段可以复读再考，大学阶段还可以考研"翻盘"，走上职场后更可以拼命"翻身"，任何时候都可以使人生"翻篇"。

一次失手又何妨？

2019年6月7日

别太把高考当一回事！

——与高中毕业生谈
如何面对高考

　　一位长期从事高中升学咨询的朋友，近段时间一直在我耳边鼓捣说："给全国即将毕业的高中生写点寄语吧，您说的肯定比高中老师说的管用。"也许是因为我在师范大学教书，算得上是"未来老师"的老师，因而和高中老师说的相比，我的话可以一句顶两句。

　　原本是要拒绝这位朋友的邀请。且不说自己高中毕业已经四十多年了，更何况那时又没有高考，高中一毕业就成了"回乡知青"，其实就是回家成了下田劳动的农民，所以对现在高中生的压力缺乏切身体会。我的小孩也高中毕业十几年了，当年的紧张焦虑也慢慢淡化。可我这个人经不起恭维，总愿意把人家的恭维话当成实心话，一听说我的话对高中生更"管用"，马上就答应了人家。

　　这篇熬夜写成的长文，便是对自己喜欢听恭维的惩罚。

　　现在看这篇文章的读者，即将要听我演讲的听众，是那些很快要高考的同学，还有心一直悬到嗓子眼的家长。这里得有言在先，以免让同学和家长们大失所望，我一不能提供复习的良方，二不能传授押题的技巧，这儿只能抚慰一下同学和家长焦急的心情，说一些无关痛痒的废话。

同学和家长千万别马上走开，《庄子·人间世》早就说过，"无用之用"才是"大用"。同学们，我口袋里虽然没有高考的锦囊妙计，无法给大家面授高考机宜，但我可以用自己的亲身经历，和大家谈谈如何面对高考，如何选择专业，如何筹划未来。

言归正传。先讲第一点，马上将走进考场的同学，应当如何面对高考呢？

我的回答是："别太把高考当一回事！"

这是面对高考唯一而且最好的心态。

"别太把高考当一回事"的理由有二：一是你越把它当一回事，你的精神就越是紧张，而过分紧张影响平时复习，也影响考试时临场发挥；二是高考并非人生的最后机会，更不是人生的唯一机会。

先从第一条理由说起。

我是七七级大学生，那是特殊年代的特殊高考。

我知道要高考只有半个月左右的时间。因我父亲有"历史问题"，我一直不相信自己会上大学，一直到走进考场，甚至考试结束以后，我都不相信真的会招我这种家庭的子弟。

从复习到考试，我都没有把它当一回事。直到通知我去体检，我仍然是半信半疑。最后接到了大学录取通知书，我和母亲还"相对如梦寐"。

1977年高考之前的五六年，上大学都是通过"工农兵"推荐选拔。刚听说要通过考试上大学，记得当时的心情特别复杂。像我这样家庭的孩子，特别羡慕人家上大学，一听到这个喜讯后，我马上回家告诉病床上的父亲。父亲对这个天大的喜讯一脸漠然，他的态度像一瓢冰水，把我滚烫的心彻底浇凉了。我从想入非非很快就回到了冷酷的现实，起初抱的希望过大，最后的失望可能更大。

不过，我复习还是特别专注认真，那十几天里效率也是奇高。心灵深处还是希望考试是真的，还希望自己真的能考好。

考前这种心态十分奇妙：一方面积极认真地复习，另一方面又轻松无比。

考场就在家乡高中母校，考生都是彼此熟悉的同学，赶考就像是重新返校。大家都高高兴兴地和同学打招呼，女同学都在叽叽喳喳，男同学都在说说笑笑，完全没有现在高考"如临大敌"的紧绷气氛。

估计考生心里都不太相信考试是真的，所以大家都没有太把高考当一回事。中断了上十年的高考重新举行，这种奇事虽不敢断言会"绝后"，但至少可以说历史上"空前"。奇怪的是，这一千载难逢的盛事，当事人偏偏没把它当一回事。

我高中时文理发展比较平衡，相较而言数理化可能更好些，加上自己考试心态又特别轻松，这使我在考场上能正常甚至超常发挥。由于开始几届都是估分填报，我高中母校老师中有华中师范大学的校友，他鼓励我报考华中师范大学，更由于自己不知道到底考了多少分，而且也不知道别人到底考得多好，他们走出考场时好像个个都是喜气洋洋，我第一志愿就报了华中师范大学。三十多年以后才知道自己考了289分，而华中师范大学中文专业在湖北省的录取分数线是190分，我的同学中就有190分被录取的。我比有些同学高出了近100分。

感谢当时不太相信高考是真的，使得我不太把高考当一回事。我的心理承受能力并不强，如果不是特殊时代造成的特殊心理，我可能考不出那么好的成绩。

现在的考生不会对高考将信将疑，怎样才能减轻他们的心理压力呢？

这就要说到"别太把高考当一回事"的第二条理由。

高考对人的一生肯定很重要，读名牌大学肯定比读普通大学好，读"一本"肯定比读"二本"好。读好大学成才的概率更高，事业的平台更大，自己的视野更开阔，同学整体素质更优秀，学习和交流的氛围更好……

高考是高中生一生的交叉路口，那两天的考试对你们至关重要，它可能决定你们一生朝上还是朝下，是向左还是向右，是背时还是行时……

不能因为要说"别太把高考当一回事"，就故意把高考说得毫不重要。高考既然如此重要，又怎么说"别太把高考当一回事"呢？

首先，即使考试成绩不那么理想，哪怕只能上"二本""三本"读书，只要你真有实力，只要你还愿意努力，不愁没有咸鱼翻身的机会。且不说"一本"中非"211"的学校，每年在各个"二本""三本"学校里，都有许多同学考取名牌大学研究生。目前，我国各地招聘强调第一学历，但很多单位已经开始意识到，高学历并不等于好能力。大学招聘也出台了很多灵活变通的规定。譬如我们学校近几年的应聘者中，有的第一学历好而科研能力差，有的第一学历低而科研水平高，在这种情况下常常第二种人胜出。因为第一学历只是一块金字招牌，连大学排名都要靠过硬的成果，一个人的优劣更要看自身的本事。当然，第一学历和科研能力俱佳者最为抢手，只要有这种应聘者出现，前两种人都没机会。

几年前，美国有一位获诺贝尔奖的教授，他先是在美国的社区大学读书，这种大学很多只是专科学校，最多相当于我们的二本或三本。还有一位获奖者，所读大学既无名，自己成绩更不好，最后还是实现了人生逆袭。

中国古代没有考上进士的伟人，可以排成几里路的长队。

唐代两位最伟大的诗人李白与杜甫，前者根本没有参考，后者则一参考就栽了——奸相李林甫借口"野无遗贤"，史无前例地一个也不取。清代乾嘉学派的代表人物戴震，连续六次会试都名落孙山，可他刚一入都就名动京师，当时学界的领袖纪昀、钱大昕都赞佩有加，他见钱大昕后转身便说："我以晓征为天下第二人。"晓征是钱大昕的字。这句话比李白"天生我才必有用"更牛，它的潜台词是"我戴震才是天下第一"。当时著名语言学家段玉裁，早于戴震考取进士，后来拜戴震为师，终身恭谨地执弟子礼。桐城派名家姚鼐祈求拜戴震为师，后被戴震婉言谢绝。可见，只要你有真才实学，人们并不看重进士头衔。李白、杜甫、戴震都没有"功名"，但都以自己的成就名垂万古。

李白和杜甫过于遥远，戴震可能不太熟悉，同学们环顾一下当世名人吧。马云毕业于杭州师范学院外语系，而且是连续复读两年才考取这所大学，他毕业时已经24岁。马化腾毕业于深圳大学，是腾讯公司的主要创办人，腾讯公司的名称就脱胎于他个人的名字。两"马"所读的两所大学都不是名牌，甚至连"211"大学也不是，但他们两人都位于中国财富和科技第一方阵。阿里巴巴改变了国人的购物方式和生活方式，腾讯改变了人们的交流和交往方式，很少有人的生活能离开阿里巴巴和腾讯。

高考的目标可以冲着名牌大学，但我们心里不应迷信名牌大学。就像哪个地方都产美女一样，哪个大学都可能出高人。

其次，头一回高考要是考得不理想，的确属于考试失手，而且你自己的心态也比较好，我觉得可以复读再考。唐实行科举以来，有无数人多次赴京赶考，上面说的姚霈考了六次才中进士。孟郊的《登科后》大家都耳熟能详：

> 昔日龌龊不足夸，今朝放荡思无涯。
> 春风得意马蹄疾，一日看尽长安花。

孟郊之所以"登科后"这么"得意"，是因为他前面连续两次太失意。来看看他第二次落榜的《再下第》：

> 一夕九起嗟，梦短不到家。
> 两度长安陌，空将泪见花。

大部分人一生有许多磨难，磨难的过程当然非常痛苦，但磨难过后它又是人生的巨大财富。人的一生不在考场上倒霉，就可能在职场或情场上倒霉。年轻时假如真的一帆风顺，不是忘乎所以，便是浮浅轻狂。失败才会使你知道珍惜，痛苦才会使你具有深度，挫折才会使你成为生活的强者。

我们每个人能否成才，主要取决于韧性的强弱，而不是智力的高低。世上绝顶的天才只是极少数，大众的智力水平其实差不多，拉开彼此差距的是韧性与努力，尤其是终身学习和思考的习惯。一次失败就一蹶不振，那成才就和你毫不相干。

我们成人为什么会走会跑？一岁多刚刚学走路的幼儿，你数得清他们跌倒过多次吗？要是跌倒一次就不敢站起来，或是害怕又跌倒就再不走路，我们人类肯定会像动物一样只能用四只脚在地上爬。

这里我想强调一下，我并不太赞成复读，要是大学不是太差就应去上。因为复读折磨人还在其次，关键是浪费了大好的青春年华，而且不断重复同一种知识，可能让你失去学习的兴趣。除非你的高考分数与平时相差太大，除非你有较好的心态和承受力，否则还是直接去读普通大学的好。

我想告诉同学和家长，现在中国各名牌大学里的教师，他们很多人的第一学历只是普通大学，甚至是原来的专科学校和中专。我还想告诉同学和家长，现在各大学都是用全国统编教材，不仅教师没有权力自编教材，学校也必须统一选购指定的教材。只要是一般的大学，在本科阶段所学的内容其实差别不大。等你们将来攻读研究生时，导师通常会自编或自选教材，因为"千个师傅千个法"，导师也有较大的发挥空间，这时教学内容、学者个性和学术氛围才会有明显的不同。

最后，即使没有上中国的名牌大学，只要你有强烈的求知欲，只要你在大学里掌握了自学的方法，现在世界各国的名校都有很多公开课，你可以在学校宿舍和自己家里，听哈佛大学教授讲哲学，听麻省理工学院教授讲数学，听牛津大学教授讲心理学……

总之，高考是人生的重要机会，但绝对不是人生的唯一机会。

高考能正常发挥很好，能超常发挥更好，考试失常也未必不好，失常虽然是人生的一次磨难，但也是韧性的一种磨炼。

2020年5月23日

别忘了兴趣是唯一的考量因素
——与高中毕业生谈
如何选择专业

俗话说，"男人就怕选错了行，女人就怕嫁错了郎"。选专业和选男女朋友一样，最适合自己的才是最好的。上大学选好的专业，比选好的大学重要；选最适合自己兴趣的专业，比选最赚钱的专业重要。

在学习这件事情上，务必记住兴趣是唯一考量的因素，从小培养广泛的兴趣与特长，长大后发挥自己的兴趣和特长。有强烈的兴趣你才可能学好，有强烈的兴趣你才可能成才。

如果总是随大流赶时髦，或处处屈从父母安排，选一个自己不喜欢的专业，你学起来会十分痛苦，而且痛苦了还学不好，选这种专业就是存心和自己过不去。

有些大学所在城市非常好，大学自身的声誉也非常高，但你的分数只能进一些你不喜欢的专业，那优先考虑的应该是自己喜欢的专业，哪怕进一个稍次一点的大学也行。大家都知道，我国目前各地经济发展不平衡，有不少名牌大学是在经济欠发达的地区。那些地方虽然经济不太好，但有些学校的专业很好，学术水平和学习氛围也很好。如果上不了好城市里的好大学，或者上得了这样的好大学又选不了好专业，可以去经济欠发达地区的好大学读书，大学毕业后你还可以去其他地方深造。

在选择专业上我们常犯的错误，一是选当下最时髦的专业，二是选当下最赚钱的专业。

由于社会发展异常迅速，现在的许多专业，进校时也许是抢手货，毕业时可能就成为"狗不理"。除了神仙长了后眼睛，能预知几年或十几年后的事情，否则，跟风很可能被风"刮倒"。

再说，所学的专业好赚钱，学它的人不一定能赚钱。计算机应该是很好赚钱的专业，可很多计算机专业的学生失业。能不能靠自己的专业赚钱，关键还是要看你自己学得好不好。

要学好专业当然靠强烈的兴趣、过人的恒心和强大的毅力。靠爹靠娘不如靠自己，追风追潮不如追兴趣。只要有强烈的兴趣，任何一个冷门的学问，你都能把它干成独家绝活；只要你把一种技艺干成了绝活，你本人就成了这个社会的大牛。

寿司是日本人再平常不过的食物，做寿司自然是日本再平常不过的工作，可日本的寿司之神小野二郎，他把自己的一生都奉献给寿司，将做寿司这门厨艺变成了一种艺术，他本人也成了日本的国宝。为了保护做寿司的十指，他天天夜晚都要戴手套睡觉。任何人要想吃到他做的寿司，都得提前一个月预订，即使外国总统和政要也不例外。在日本做寿司，相当于在武汉做热干面，在郑州做羊肉烩面，在西安做羊肉泡馍，在我们眼里不过是糊口的职业，小野二郎却把它发展到至善至美的境界。小野二郎的故事有点像《庄子·养生主》中那位解牛的庖丁——

> 庖丁为文惠君解牛，手之所触，肩之所倚，足之所履，膝之所踦，砉然向然，奏刀騞然，莫不中音。……文惠君曰："嘻，善哉！技盖至此乎？"庖丁释刀对曰："臣之所好者，道也，进乎技矣。"

能让宰牛之"技"臻于"道"，这位庖丁就是我国古代的宰牛之神。

假如把"技"变成了"道"，把"艺"变成了"神"，你的人生当然也就潇洒了，你还愁自己的专业找不到饭碗吗？

要把"艺"变成"神"，当然需要高度的专注和耐心，而专注和耐心又离不开兴趣。

很多同学说到兴趣就一脸茫然。因为你们从幼儿园到大学，大多数人是在被动学习，进幼儿园前后是父母安排你学什么，上中小学后是老师指定你学什么，同学们没有机会主动选择去学什么。加上各种各样的考试和补习，老实说，你们许多人根本没有培养出自己的兴趣。

同学们选专业同时存在两种情况：因为不知道自己到底喜欢什么，所以什么都喜欢；或者不知道自己喜欢什么，所以对什么都谈不上特别喜欢。这样，高考后的志愿填报就有很大的盲目性，很可能错报了学习的专业。

进大学后要广泛尝试，看自己到底喜欢哪些专业，自己的能力适合哪些专业，还要了解一下未来的社会可能需要哪些专业。读一年半载后再理性地重新选择专业，也就是我们常说的转专业。

高考时填报专业，有时是一时心血来潮，进校后才发现自己当初的荒唐。譬如我今天走上古代文学研究的道路，完全是跛子划船——以歪就歪的结果。我在高中虽然语文不错，但最好的还是数学。我们班有几个同学比我的语文好，可我的数学成绩在班里总是名列前茅。记得有个叫胡利畅的同学，年龄大概比我大三岁，他的作文写得很漂亮。我们班里几十号同学，数学水平超过了我的还真数不出几个。湖北黄冈地区一向重视教育，高二时还举办过一次数学竞赛，我在一两千名同学中夺得第三名。高中时写墙报抄了三首诗，同学和老师都说我写得好，我一发神经就寄到一家报社，没想到报社的编辑比我更神经，竟然发表了那三首抄来的诗歌。幸好那时还没有互联网，检索抄袭不太容易。我一夜之间成了当地的"诗人"，不只满足了自己的虚荣心，还着实让我一下就"名利双收"。我尝到了当"诗人"的甜头，于是下定决心要当一名诗人。上大学之前写了不少叫"诗"的东西，也接着发表了很多首"诗歌"，高考填报志愿时，我第一志愿就报了华中师范学院中文系，也就是我现在供职的华中师范大学。

1977年高考时，湖北文理科考生数学和语文都是同一试卷。我报考文科就是为了当诗人，来华师后第一个学期就上当代文学，而且正好全是讲当代诗歌，一看到课程名称我就充满了期待。哪知听了不到半个学期，我不只是讨厌了这门课，而且讨厌了当代诗歌。不知是上课老师没有讲好，还是我们这些学生没学好，或者是双方都没有干好，总之，老师与学生都觉得对方不好，有的同学扬言要把老师"炒掉"。我很快便意识到当"诗人"的念头纯属头脑发昏，我的兴趣既不在当诗人，我的才能也当不了诗人。我希望转到数学系去学习，可三四十年前国内各大学都不能转专业，想退学复读重考，又遭到母亲的坚决反对，自己也知道复读极不现实，这才硬着头皮读到毕业，并一直读成了我现在这个鬼样子。自从那个老师讲了当代诗歌后，我基本上再不读当代新诗了。大学毕业的那一年，我考上了研究生，攻读的方向就是唐宋文学。一个老师可以让学生讨厌某一科，也可以让学生喜爱某一科。

要是迟生四十年，我无疑会考理科，可能还是读数学，我这一生都是阴差阳错。我至今还爱问自己：当时要是能够转专业，我的数学能学成什么样子？现在会在从事什么工作？是否像弟弟那样出国留学移民？

可见，人生充满了极大的偶然性，兴趣也有极大的伸缩性。诗歌与数学，一重在想象，一重在逻辑，我一个普通人能同时喜欢二者，兴趣是缘于天赋还是后天养成？

这又要说到对专业的态度，首先当然是对专业要十分虔诚，要有学好它的决心和恒心，还要有为它豁出去的专业精神。不过，同学们走上社会以后就会发现，有些人从事的工作，和他大学学的专业根本不搭界，人家虽说是学非所用，但照样还是干得风生水起。没有谁会为你量身定制一份工作，刚好你一毕业时就等着你来干。

前面讲过，你要是某一专业的大牛，再冷僻的专业也不愁饭碗，但一个刚出校门的本科生和研究生，能成为专业大牛的十分罕见。你不可能挑选岗位以适合自己的专业，而是去找哪个公司好让自己就业。

人总不会躺着等死。

为了使自己有更大的适应性，进大学尽量选择宽口径的专业，选择一些基础性的专业。如理科中的数学，它不仅本身适应面很广，还可以随时改换其他专业，很多地方需要用到数学，所以人们称它为"万金油"专业。

学习专业时除了学到专业知识外，更应学到分析问题的思路，学到解决问题的方法，这样我们就同时得到了"鱼"和"渔"。苏轼在《书鄢陵王主簿所画折枝》中说："赋诗必此诗，定知非诗人。"套用苏轼的话来说，读书只此书，定非好学生。专业学习尤其要触类旁通，这样在未来的人生道路上才不会走进死胡同。

在大学里学好本专业，能让你在走向社会之前就获得自信，以优异的成绩毕业，能让你求职时抢得先机，整个人显得意气风发。

你读书时就能触类旁通，遇上困难时就不至于一筹莫展，解决其他问题还可能"灵机一动"，你的人生就不会陷入绝境。

2020年5月23日

别把志向变成了桎梏

——与高中毕业生谈
如何规划人生

大家知道，中国很多人生格言常常自相矛盾，你不知道该信哪一句为好。譬如一边说"知无不言，言无不尽"，一边又说"话到嘴边留三分，未可全抛一片心"；一边鼓励"锲而不舍"，一边又反对"一条道走到黑"。

这种相互打架的人生格言，双方说的都有道理，但双方都不能过于绝对，既要看用在什么地方，还要看是针对什么对象。

成语中这种情况更多，一下说做人应当"矢志不渝"，一下又说为人应当"随机应变"，到底应该变还是不变呢？

"有志者事竟成"虽然很励志，可实际情况恰好相反，你们环顾一下自己的身边，立下大志的人很多，成就大业的人极少。一般来说，胸有大志当然是件好事，但特殊情况下它也可能成为坏事。大志有时是激励人的动力，有时又是束缚人的绳索。

同学们肯定会说，你这样绕来绕去把人绕糊涂了，到底应该树立人生理想，还是应该随遇而安呵？

我认为一个年轻人应该树立自己的人生理想，至少应该有一个短期的奋斗目标，这样你才会有努力的方向。没有远期和近期的人生规划，你的精神可能陷入困惑迷茫，整个人可能完全松懈疲沓，甚至可能浑浑噩噩地混一生。司马光《答陈充秘校书》的一则名言，一直是我人生的座右铭："夫射者必志于的，志于的而不中者有矣，未有不志于的而中者也。"

这段话既形象又深刻，射箭的人志在射中靶子，可能有竖了靶子而没中靶的，绝对没有未竖靶子却中了靶的。

要射箭肯定要树个靶子，要奋斗肯定要树立目标。

我以一个高考过来人的身份，和同学及家长们谈几点意见——

一、目标要切近实际，不能过于远大

家长对孩子不能要求太高，同学们对自己也不能要求太高。目标过于远大，如一定要考上名校，这是和自己过不去。希望考上名牌大学，也要有勇气接受现实，这样你就没有半点压力，你的高中三年就会很潇洒，你高考时也会很轻松。

目标定得太高具有双重危害：一方面徒然增加许多心理压力，一方面又减少了许多人生乐趣。假如把高考的目标定在北大，那你考上了复旦也很沮丧；假如把目标定在考取一本，那你考取任何一所211高校都会高兴异常，要是被复旦录取更是乐翻了天。同学们不知有没有这样的经历，冬天第一次穿毛外套时突然从口袋里掏出了50元钱，那种感觉比吃涮羊肉还舒服，本来是自己分内的东西，却给了自己意外的惊喜，原因是你根本没想到口袋还有50元。

二、家长不能让孩子去完成自己的心愿

有的父母一直为自己当年没上名牌大学遗憾，发誓要不惜一切代价让小孩进名牌大学。我想提醒一下家长朋友，每个人有自己的人生，我们不能代替孩子过一生。再说，你当年怎么不考上名牌大学呢？自己做不到的事情，却强行要孩子做到，自己完不成的人生任务，却强迫孩子来完成，这是让孩子来成就你的人生，真是既不合情也不合理。

家长朋友可能有所不知，你自己实现人生目标尚且不易，要别人实现自己的人生目标那就更难。自己奋斗还操之在己，要别人奋斗得求之于人。自己想发愤读书，你可以暗暗刻苦努力，要想让小孩发愤读书，你可能要磨破无数张嘴皮。

很多父母要小孩考上名牌大学，表面上看来是在疼爱孩子，骨子里是在疼爱你自己，因为小孩考上名牌大学后，你自己在人前人后都扬眉吐气。对孩子过高的期望值，哪怕你不在嘴上说出来，它对孩子也是一种无形的压力。现在很多孩子都是独生子，家中爷爷奶奶、外公外婆、爸爸妈妈，成天六对眼睛指望自己成龙成凤，放在任何人身上都会被压得喘不过气来。从小培养小孩良好的学习习惯，养成他们浓厚的学习兴趣，帮他们树立积极的人生态度，这是家长给孩子最好的礼物，也是家长唯一可做的事情。

我们把"成功"定得过于狭隘，"有名有利"是"人生赢家"的标配。其实，名也好，利也罢，终极目的还是要使我们幸福，而真正的幸福是精神上的充实、从容和潇洒。为了平复家长朋友紧张的心情，劝大家读读晚明陈继儒的《清平乐·闲居书付儿辈》：

> 有儿事足，一把茅遮屋。若使薄田耕不熟，添个新
> 生黄犊。　闲来也教儿孙，读书不为功名。种竹浇花酿
> 酒，世家闭户先生。

我对陈继儒一向不太感冒，他在《小窗幽记》中谈"醒"说"情"，处处显示了他的人情练达，可总觉得其人其文都有点附庸风雅。早年我也不喜欢这首词，它不那么"积极进取"也就罢了，还有那么点儿装超然装恬淡，陈继儒一生都有那么点"装"。随着脸上的皱纹不断加深，我对人也越来越宽容。对于今天这个浮躁得快要飘起来的社会，对于把名利视为唯一目的的家长，"读书不为功名"算得上一副清凉剂。

三、人的一生偶然性太多，规划永远跟不上变化，很多人生规划最后都成了人生鬼话

你们随便去大街上看看，很多瘪三混混娶到了漂亮太太，很多庸俗丑妻挽着帅气先生，人们常把这叫作"福气"或"运气"，实际上它就是人生的偶然性。有野心也有能力的人，不一定就能成就大业，既无大志也无大才的人，也可能歪打正着一鸣惊人。

后者最好的例子是田中耕一，他在日本东北大学学电气工程，在大学里学习成绩一直不好，很长时间害怕自己不能顺利毕业，找工作时连吃了几次闭门羹。他学的专业是电气工程，与化学绝缘，但荣获的却是诺贝尔化学奖。起因是一次误将甘油倒进了钴粉里，他竟然误闯误撞获得了重大的科技突破，解决了困扰化学家多年的学术难题。有道是：踏破铁鞋无觅处，得来全不费工夫。获奖时全日本都找不到他的学术信息，他自己开始也以为是恶作剧。

柳宗元和刘禹锡则属于前者，他们是那种典型的倒霉鬼。柳、刘二人是唐代著名的文学家和政治家，贞元九年（793）他们同榜中进士，柳才二十一岁，刘也只有二十二岁。他们既有出群的文学才华，也有出色的政治才干。在同辈眼中他们都是"宰辅之器"，可他们非但没有成为宰辅，还差点被朝廷给宰了。他们是王叔文集团永贞革新的主将，革新失败后又同为"八司马"之一。柳贬永州司马，刘贬朗州司马。十年之后，柳再贬为柳州刺

史，刘改贬为连州刺史。五年后柳死于贬所，刘五年后因母丧离开连州。刘丁忧期满又接着外放夔州、和州刺史，回到洛阳时前后被贬了二十三个年头。他返洛阳前与好友白居易相逢于扬州，为我们留下了两首酬唱的杰作：

醉赠刘二十八使君

白居易

为我引杯添酒饮，与君把箸击盘歌。

诗称国手徒为尔，命压人头不奈何。

举眼风光长寂寞，满朝官职独蹉跎。

亦知合被才名折，二十三年折太多。

酬乐天扬州初逢席上见赠

刘禹锡

巴山楚水凄凉地，二十三年弃置身。

怀旧空吟闻笛赋，到乡翻似烂柯人。

沉舟侧畔千帆过，病树前头万木春。

今日听君歌一曲，暂凭杯酒长精神。

柳、刘创作上都才华过人，科场上都捷足先登，可他们一身的才气和早年的风光，换来的却是长期的贬谪流放。"二十三年折太多"！刘禹锡因"才名"折了二十三年，柳宗元更因"才名"折了命。家长要引导自己的孩子学习刘禹锡，以一种豁达的态度对待挫折，这样才会像刘禹锡那样笑到最后。刘贬到朗州仍然"诗情到碧霄"，到六七十岁照样"为霞尚满天"，最终在政坛上熬过了对手，二十多年后不无自豪地说，"种桃道士归何处？前度刘郎今又来"。

有志向才能激发我们的斗志，我们当然应该"矢志"，确立人生的长远目标，定立自己的短期规划，同时要明白"志向"只是主观期许，我们的生存境遇随时变化，有时还可能把我们抛入逆境。俗话说"人算不如天算"，同学们要是不知道"转弯"，"逆境"就会将我们逼到"绝境"。

假如让我再活一次，我的人生态度大概是："矢志"当然必须，"不渝"就大可不必。

西方人也说，我们改变不了风的方向，但我们可以调整风帆的朝向。

"条条道路通罗马"，可以不放弃最终的人生目标，只随时调整实现目标的手段。

"人生无处不青山"，哪里的井水都活人，干吗一定要跑到罗马呢？也可以调整原来的人生目标，当不成诗人就去做商人，无法做科研就想法从政，企业亏本就转做其他经营……

同学们不要忘了"一切皆有可能"，千万别把早年的志向，变成了自己终生的桎梏。

只知道一条道走到黑，就只能在一棵树上吊死。

同学们，高考前夕要学会给自己减压，高考不是你人生最后的机会，只要永远保持青春的活力，你们前面还有无数的"天赐良机"。

不管你们备考有多忙，北方的同学们，切莫冷落了"白日地中出，黄河天外来"，南方的同学们，也不要错过了"江流婉转绕芳甸，月照花林皆似霰"。每天清晨，都要快乐地迎接东升的旭日，每天傍晚都要轻松地送走西边的晚霞。

把每天都过得很充实，让每天都活得很从容，用不着"我拿青春赌明天"，更用不着"留一半清醒留一半醉"，你们不只是"潇洒走一回"，我祝愿大家将来潇洒走一生。

2020年5月23日

活下去！

　　昨晚，我一老乡心情沉重地告诉我说，他女儿大学毕业时不巧碰上疫情，一毕业就"待业"——她还真的不能说是"失业"，因为她从来就不曾就业。

　　这位老乡更大的麻烦还不是女儿暂时待业，而是她找工作和她找男朋友一样——高不成，低不就。目前这种特殊的时期，社会提供的就业岗位本来就少，个人的选择范围自然很小。这些年我国大学一直在扩招，大学毕业生一年比一年多，面对这种僧多粥少的局面，如果还在挑肥拣瘦，像找对象那样"宁缺毋滥"，那就是存心要一直"待"下去。

　　万科新任董事会主席郁亮，在2018年的年终总结中喊的口号是："活下去！"这并不是郁亮在危言耸听，在特殊的历史时期，公司活下去很难，个人活下去也不易。大学或研究生毕业，大家已经是二三十岁的成人，第一要务是要想法养活自己，再不能向父母伸手要钱。能找到适合自己专业的理想工作当然好，一时找不到理想的工作也可以将就，说不定歪打正着喜欢上了这份工作，古代尚且可以先结婚后恋爱，今天怎么就不能先就业后敬业呢？退一万步说，再不济也可以骑驴找马——一边工作一边应聘。

工作不仅能使自己有收入，还能使自己确立自信。假如能把自己最不喜欢的工作干得最好，以后你还有什么工作干不好呢？日本著名企业家稻盛和夫说："想度过一个充实的人生，只有两种选择。一种是'从事自己喜欢的工作'，另一种是'让自己喜欢上工作'。能够碰上自己喜欢的工作这种几率，恐怕不足几千分之一、万分之一。与其寻找自己喜欢的工作，不如先喜欢上自己已有的工作，从这里开始。"想想看，一个学外语的人成了销售的行家，一个学数学的人成了写文案的高手，天下还有什么事能难倒你呢？社会需要什么人，我就能成为什么人。总之，我们不能爱哪行便干哪行，而要学会干哪行便爱哪行。

在家"待"的时间长了，很容易与社会脱节，与社会脱节的时间长了，更容易产生对社会的恐惧症和不适应症。这样，开始只是不好找工作，后来则变成了不想找工作。多年前，我读过英国生物学家托马斯·亨利·赫胥黎的一封信，他对自己一个朋友的孩子说："就我看，一个人的首要职业就是自立，不让自己成为别人生活的负担。"（In my opinion a man's first duty is to

186

find a way of supporting himself, thereby relieving other people of the necessity of supporting him.）在你希望从事其他工作时，仍能将不喜欢的工作干好，这种能力和习惯本身就难能可贵。

当粮食紧缺的时候，什么食物也可以充饥；当工作机会很少的时候，什么工作都不失为美差。当务之急，不是你有没有兴趣，而是你想不想活下去；不是这份工作好不好，而是有没有单位给你工作。俗话说，人在屋檐下，不得不低头。此时此刻，我们要放下身段来为自己"觅食"，扔掉以前的清高娇气，扔掉以前的懒散拖沓，把眼泪流到心里，把委屈变成动力，在拥挤的社会里闯出生路，这种历练与成功就叫"生存能力"。要是放下了身段还是找不到工作，想尽了办法还是没有机会，马上静下心来学习充电，只要你准备好了就会有机会，只要你不失望就一定有希望。

我年轻时觉得谈柴米油盐俗气，一直憧憬着"诗和远方"。成家以后才明白，一旦柴米油盐也成了问题，不仅"诗和远方"消失得无影无踪，甚至连这份憧憬也觉得矫情可笑。

湖北十堰有一位作家老芨，曾托我为他的散文集作序。其中一篇文章说，早年流放到沙漠时痛不欲生，顽强的芨芨草给了他生存的勇气，从此把自己的笔名改为"老芨"。文章中有两句话打动了我："生下来，活下去。"

生下来，是父母的恩情；活下去，是自己的责任。眼下先得有“活下去”的隐忍和坚韧，日后才会有“活得精彩”的可能。

2020年07月11日

故乡的母校呵，您在哪里？

　　近十几年来，我回老家的次数越来越少。自己的父母已经过世，弟弟大学毕业后也去了国外留学工作，堂兄弟这二十多年来一直在外面打工，只有一个堂弟留在家中干活，现在他也成了"留守老人"。因为家中已经没有多少亲人，回老家就要给热情的乡亲父老添麻烦。

　　当然更主要的原因，还是我有点"怕"回老家。除了春节那几天老家比较热闹外，平时我生长的那个村庄总是死气沉沉，回家看到的人全是老弱病残，田地也有不少已经撂荒。几年前回老家到村头地角转悠，只见白色塑料袋随风乱飞，几只饿狗、瘦猫四处游荡，偶尔传来几声老人的哮喘咳嗽，到处都寂静得让人恐怖。听到的消息更让人难过，某某大叔前年病逝，某某大婶一个人死在家中，某某舅母卧病在床，"访旧半为鬼，惊呼热中肠"。每次返城后往往好多天心里堵得慌。最后两次回家，"近乡情更怯，不敢问来人"，我的心情与宋之问差不多。同事朋友也常谈及此事，才知道他们在各自故乡的见闻，和我的家乡大同小异。

更叫我难以释怀的是，我小学和初中的母校都撤了，我上学的高中也变成了初中。

我回家时要路过自己当年读书的小学和初中。

记得十年前它们就已破败不堪，里面连一个人影也没有，傍晚几只麻雀在地上觅食，残阳斜照在东倒西歪的墙上，向人诉说着不尽的苍凉。在自己上小学五年级的教室门前，我徘徊许久不忍离去。儿时伙伴的打闹欢笑，教室背诵《毛主席语录》的声音，还有批斗校长和老师的场面，一一都浮现在我的眼前。在这儿流下的泪水，在这儿洒下的笑声，统统都化为一抹荒烟，几缕残照。

最后一次回家时看到的小学，原先快要倾倒的校舍，变成了三间崭新的住家平房，我连怀旧的地方也没有了，因而连眼珠也不想转向那儿。我问乡邻老人：我们村的小孩去哪里上学？老人说娃儿都在夫子河镇住读。为什么要把村子附近的小学撤了呢？老人说行政村的孩子太少，前些年计划生育，过去年轻人都不敢生，现在可以生二胎了，如今年轻人又不愿生。加上到了上学年龄的娃儿，有一部分跟着父母到了外地，成了"流动儿童"，有一部分留下来跟着爷爷奶奶，就成了我们常说的"留守儿童"。

"留守儿童"的情况如何呢？

2019年5月30日

伤心词："留守儿童"

上过大学的人都会知道，学术论文都有关键词；可我们的先人和后人绝不会知道，今天的中国农村有个伤心词——"留守儿童"。

许多外国朋友一定会纳闷：什么叫"留守儿童"？为什么要让儿童"留守"？许多国家不允许未成年儿童单独待在家里，父母长期将幼儿留在家里，在这些国家既不义又违法。

这三四十年来，我国农村的小孩大多是"留守儿童"。除春节外，他们一年也见不着爸爸妈妈，不少小孩甚至不认识自己的父母。

儿童不认识自己的父母？

这可不是危言耸听。

有不少留守儿童的父母，小孩只一两岁时就不得不外出打工，儿童对自己父母没有印象，这是再自然不过的了。

如果不是媒体约稿，我不会写这方面的内容，一是说来伤心，二是写来敏感，三是写后也无解。

但既然说起，就无法放下。

对其他地方的留守儿童，我不太清楚，这里只谈谈家乡的留守儿童。

我上的农村小学虽然简陋破旧，但离家不到一公里，上学几分钟就能到校，回家吃饭十分方便，更用不着住宿。计划生育几十年来，村里生孩子越来越少，"超生"简直形同违法，而且好像还成了道德污点。《超生游击队》小品风行之后，"超生"的年轻女性羞耻得抬不起头。随着改革开放的春风吹遍神州大地，青壮年纷纷南下打工，农民一夜都变成了"农民工。"过去中青年男性在家守着老婆孩子，现在为了生计都"抛妻别子"，不少中青年夫妻都扔下孩子，交给爷爷奶奶或外公外婆监护。也有少数农民工夫妇，把小孩带到了打工的城市，这部分孩子就成了"流动儿童"。因打工的父母居无定所，这些小孩也只好"随波逐流"。粗略估计，我农村老家的儿童95%以上都是留守儿童或流动儿童。

父母的陪伴对小孩成长至为关键，小孩刚来到这个世界的时候，开始最需要的不是冷冰冰的知识，而是父母无微不至的呵护温暖。只有他们从小感受到人间的爱和温暖，长大后才会把爱与温暖奉献给世界；小孩从小要是觉得世界像个冰窖，他们将来回馈世界的就是冷漠甚至冷酷；没有得到过别人爱的孩子，成人后也不知道如何爱别人。

记得我小孩几个月大的时候，在我和他妈妈怀里最容易入睡，但一觉醒来发现周边没人就会大哭。估计他并不是一个特例，年龄越小的孩子越需要安全感。安全感是小孩对外在世界的主观感受，久而久之积淀为小孩的无意识。有安全感的孩子情绪稳定，遇事能从容不迫，缺乏安全感的孩子时常焦虑烦躁，稍有不顺便反应过激，平时往往也是疑神疑鬼，对人对事都退缩胆怯。

俗话说，"三岁看大，七岁知老"。此话当然不能看得过于绝对，它只是强调及早关爱和教育孩子，使他们从小养成健全的人格和良好的习惯。良好人格的形成和习惯的养成越早越好，因为孩子的可塑性很大，就像小树易于扶直，大树便难于矫正一样。要从小着手培养小孩乐观阳光的心态、积极进取的精神、百折不挠的毅力，更重要的是从小养成他们的爱心。

一两岁以后，也是培养小孩智力的关键时期。比如在一两岁咿呀学语的时候，是小孩学习语言的最佳年龄。语言不只是涉及表达能力，更重要的是影响他们的思维和想象。人与动物的首要区别就是语言，有了语言才有思维，才有想象。教小孩学语言必须不断重复，需要我们极大的耐心。除非对小孩有无私的爱心，否则就不会有这种耐心；除了小孩的父母，又有多少人有这种无私的爱心呢？

稍大一点后，小孩阅读兴趣的培养、思考能力的训练、求知欲的激发、独立人格的形成等等，没有一样能离开父母的陪伴。

改革开放的大门一打开，第一批农村青壮年像潮水一样奔向东南沿海，他们的身份由农民变成了"农民工"。"农民"是出生时给他们刺下的烙印，"工"则标明他们现在的工作，就是说，哪怕他们在工厂做工，可身份还是"农民"，哪怕他们在城里工作生活，可他们还是不属于任何城市的"乡下人"。要是守着乡下那几亩田地，他们可能连自己也养不活，更别说养家糊口了。那些年轻父母，不得不狠心把孩子扔给爷爷奶奶，随着打工潮背井离乡。现在有微信、电话，可以经常与家人联系，一二十年前只能靠写信报平安。父母一年回不了几次家，有的一年只有春节才能见儿女一面，不少儿女根本不认识自己的父母，用惊恐的眼神盯着爸爸妈妈。这些年来被拐卖的小孩中，绝大部分是留守儿童，出现人身事故的小孩中，绝大部分也是留守儿童。

留守儿童的基本营养也无法保证，甚至连人身安全也常亮红灯。思维、想象、语言、兴趣的培养，完全是一种精神奢侈，什么人格独立和文化视野，更无异于莫大的讽刺。

我家乡的留守儿童不只没有父母陪伴，事实上爷爷奶奶也不在他们身边。

这几十年的计划生育，农民生育原本就锐减，加之有些孩子随父母到外地"流动"，小学入学的留守儿童越来越少，有的一个班只有十几个人。对于经济不发达的地方政府来说，十几个人一个班过于"奢侈"，各地的地方财政无力承担。刚开始是合并小学，使得很多孩子上学要走远路；后来上学的孩子不断减少，合并后还是十几个人的小班。这时各地开始"教学条件"验收检查，各行政村小学的办学条件，无疑达不到上级的验收标准，县里就顺水推舟地撤掉村级小学，全部并到镇里的"达标"小学。

这使得很多低年级小孩也要住读。城里小学、幼儿园的小孩，仅仅午餐的饮食就常出问题，在农村小学住读孩子很少人关注，整个星期都吃住在学校，他们伙食的好坏只有天知道。这些孩子已经失去了父母的爱，现在又被隔绝在爷爷奶奶视野之外，一周只有一天多时间和爷爷奶奶在一起。

再说，看守老宅的爷爷奶奶，他们要下地种田养活自己，又要当孙儿孙女的"爸爸妈妈"。爷爷奶奶本就没多少文化，何况又已年老多病，能让孙儿孙女不出人命就谢天谢地了，还要让他们培养第三代的想象和思维，那真的是黑色幽默。

最早的留守儿童现在已经三四十岁了，第二、三代留守儿童也成了"农民工"。他们小时没有受到良好的教育，虽然向往城市的现代生活，但在城里却没有现代的生存技能。他们长年生活工作在城里，但还是户籍上的"农村人"；虽然是城里人眼中的"农民"，但他们又不安心于农村，而且不会也不愿干农活。这样，许多人小时候是农村的留守儿童，现在成了社会上的流浪汉，犯罪率也较高。他们小时候和城里儿童一样，本来也是我们"祖国的花朵"，可惜因无人浇灌养护而过早凋谢，不仅没有成为"社会栋梁"，反而成了社会的"不安定因素"。这叫"种瓜得瓜，种豆得豆"。

第一代农民工把小孩丢在家里，主要是户籍制度把农村小孩卡在城外，如今的农民工把小孩丢在家里，主要是贫穷把这些小孩挡在城外。过去是农村小孩没有"资格"进城，现在是农村小孩没有"资本"进城。城市白领的小孩入托也要求人，外地农民的孩子入托更要喊天，这些小孩只能"留守"农村，这就是俗话所说的"命中注定"！

留守儿童的问题应如何解决？

这是"天问"。

你问"天"去。

2019年6月1日

**妈妈，
下辈子我还做您的儿子！**

一、生命的偶然性

家庭是每个孩子来到世上报到的第一站，是安顿他们的第一个"摇篮"，也是他们所上的第一个"学校"，而母亲既是每个孩子生命的孕育者，又是每个孩子最重要的呵护人，也是每个孩子的第一个老师。

任何人降生于这个世界，其实都荒诞而又偶然。

有人一生下来就是公主，有人一生下来就是村姑，有人一生下来就是官二代，有人一生下来就是乡巴佬。现代哲学把这叫作偶然性，我们古人把这叫作"命"。

"命"无法选择，也无法抗拒，谁都只能"认命"。还没有来得及和我们商量，还没有取得我们的同意，父母就把我们给生下来了。哪对男女把我们生下来，哪对男女天生就成了我们的父母，这种父子和母子关系就是"天伦"。

不管是生在什么样的家庭，不管是碰上什么样的父母，我们都得"认"了。在谁将成为我们父母这点上，没有什么"人定胜天"，任何人都得"听天由命"——听从老天的安排，服从命运的摆布。

西方人常说"人生而平等"，这从自然法讲当然不错；可在现实生活中，人生而便不平等：模样有丑俊，才智有大小，身体有强弱，家庭有贫富，机会有好坏……

二、我的"命"好

得承认我的"命"好。

我爸爸是个读书人，也是个倒霉鬼，过去被视为有"历史问题"。因父亲的"历史问题"，家中时常受到各种骚扰冲击，家里的气氛有时紧张压抑，饥饿也一直威胁着我和弟弟。

不过，我和弟弟对我们家从无怨言，相反总是怀着感恩的心情，庆幸自己是生在这样的家庭里。

这一切全都是因为我们有个好妈妈。

杜甫说"家贫仰母慈"，有这样的慈母真是三生有幸。

三、"你和弟弟不能没有你爸"

父母之间的恩爱对小孩的成长至关重要。

印象中我爸爸妈妈很少拌嘴，偶尔吵架也是由爸爸挑起，大多数情况是由妈妈忍让而平息。

爸爸妈妈从小就订了娃娃亲。我家当时在本地还算富有，外公家虽不算大户人家，但家境也相当殷实。我大舅早年就参加了革命队伍，解放前夕因叛徒出卖，被国民党特务杀害。我小舅是我老家的一名基层干部。历次运动对父亲的批判很猛，但大多数都是例行公事，父亲从来没有受到过人身迫害。这得感谢小舅舅明里暗里地护看，周边人才有意无意对父亲手下留情，俗话说"不看僧面看佛面"。

妈妈娘家"根正苗红"，全因父亲拖累不能抬头做人，但妈妈从来没有埋怨过父亲，更从来没有给父亲脸色看，反而总是委屈自己来迁就父亲。

父亲年轻的时候，肯定也有很多幻想，或者说有很多理想——对青年人来说，理想和幻想是一回事，他后来却是一事无成，还时不时要挨批斗，心情苦闷可想而知。爸爸常常无缘无故发火，不是拿我和弟弟出气，就是冲着妈妈出气。记得有一次他从批斗会场回来，吃晚饭时因一言不合，立马就掀翻了饭桌，摔碎了饭碗，然后就蹲下来发呆。妈妈没有半句责怪，默默收捡破碗，竖起饭桌，打扫地面，过一会儿，小声问丈夫："想吃点什么不？"

在当时的环境中，我们身边不知多少家庭破碎，有的丈夫为了自己前程抛弃妻子，也有的妻子图个人"进步"检举丈夫。我父亲一生带给妈妈的只有担惊受怕，而妈妈始终与父亲相依相伴，哪怕父亲在家里再怎么样发火，妈妈对他一直都无尤无怨。

妈妈这样对待自己的丈夫，不是传统女性那种对丈夫的依附，也不是生活不能自立而不得不逆来顺受。父亲晚年长期卧病在床，妈妈扛起了一家人生活的大梁，不是她离不开自己的丈夫，是丈夫和儿子都离不开她。

妈妈和爸爸温馨地牵手一生，是因为她为人的善良，因为她对丈夫深深的理解，因为她对丈夫才华的高度欣赏。她每一个细小的动作，每一句简短的交流，都表现出一个女性的宽容与贤惠，都流露出对丈夫的恩爱和温情。

我到小学五年级后开始叛逆，对爸爸的训斥打骂一肚子怨气。妈妈背后总是劝我说："你爸爸心里很苦，不能再惹他生气。你看爸爸在外面受气，要是回到家里还得受气，你和弟弟就再也没有爸爸了。"

我父亲脾气急躁刚烈，受到那么大的欺侮和羞辱，他没有想到过自杀，无疑主要应归功于我的母亲。父亲在外面受的打击越大，母亲对他就越是体贴，父亲受到的侮辱越多，母亲越是对他表示尊重。

早年选错了自己的人生道路，父亲才有了后来的不幸，找到了我母亲这样的终身伴侣，又是他一生最大的幸运。正是母亲的贤惠温柔，使身心交困的父亲有勇气面对生活的不公，即使自己已经身陷绝境，父亲仍然满怀希望地等待东方的黎明。

其实，那时母亲在外面同样天天遭罪，但很少见她在家里发牢骚吐苦水，每天从生产队里收工回家，我很少听到她叫苦叫累。一回到家里，一看到我和弟弟，一看到自己的丈夫，妈妈两眼马上就笑眯眯。

父亲卧床以后，妈妈对他的照料无微不至。由于妈妈和我白天都要下地劳动，我很小的弟弟常给父亲洗澡，妈妈多次对弟弟竖起大拇指。

妈妈经常对我说："你和弟弟不能没有你爸。"

四、"拇指和中指谁最有用？"

"你和弟弟不能没有你爸。"当时我不知道这句话的分量。

自己当了爸爸以后，我才明白妈妈的良苦用心，才能深切体会妈妈对我和弟弟无私的爱。

妈妈一直怕父亲过早去世，使她的两个儿子从小就失去父亲。她不仅用自己的生命爱她两个儿子，还要让我和弟弟得到完整的父爱。

妈妈这一生命真苦。我前面原本有个哥哥和姐姐，姐姐出生不久就夭折了，哥哥一岁左右又接着夭折。后来父母到朋友家领养了一个哥哥，这位哥哥养到了两岁，妈妈碰巧又怀上了我。

妈妈生下我以后，我父亲的朋友把孩子要了回去，我自然就成了奶奶和爸妈的掌上明珠。害怕我又有个三长两短，妈妈特地给我取了很"贱"的乳名——花子，我们当地称乞丐为"花子"或"叫花子"。

大概是从小听大人夸得太多了，我自己慢慢就信以为真，真的以为自己比别人聪明。直到上小学我还是自以为是，一开口就骂别人"笨"，与伙伴们的关系很僵。

妈妈说我从小就很淘气，农村小孩又不上幼儿园，一身"野性未曾驯"，长得精瘦却好冲动，劲儿不大又爱打架，往往被人家打得鼻青脸肿，至今我的背上和肚皮还留有疤痕。笑着出门，哭着进门，是我小时的家常便饭。少数时候我把别人打了，妈妈总要带我去给人家赔礼，多数情况是别人把我揍了，妈妈见了又疼又气，总要指着我的鼻子说："祖宗，你太不省心！"她实在气不过时也打我几巴掌，但妈妈打人我从来不怕，知道她舍不得真的打我和弟弟，手高高举起轻轻落下，看起来十分可怕，实际上一点也不疼。

妈妈信佛十分虔诚，对所有人都笑脸相迎，连走路都不忍心踩死蚂蚁。妈妈没有直接教我要无私，她平时对我们的爱，对丈夫的爱，对客人的款待，对邻里的帮助，无处不是无私的表率。小时家里要是来了小朋友，吃东西从来是我们与小朋友平分，妈妈说，从小吃独食的孩子，长大了肯定也自私。

斗大的字妈妈认不了几筐，做人的常识妈妈懂得不少，后来她的儿媳也从她那里学到不少格言警句。上小学后，有一次听到我说谁很笨谁很蠢，妈妈伸出五指对我说："看我这只手上的五个指头中，拇指最短，中指最长，你说哪个指头最有用？"

我一时被她问蒙了，见我两眼迷茫，一声不吭，妈妈摸着我的头说："拇指虽说短，但长得很壮，中指虽然长，但生得较瘦，它们各有各的长处，也各有各的用处。你说它们之中数谁最牛？"

她老人家怕儿子没有明白自己的意思，接着又伸出巴掌对我说："儿子，拇指能不能嘲笑中指长得瘦？中指能不能嘲笑大拇指长得短？我们不能用自己的长处，来挖苦别人的短处。每个人都有自己的长处和短处，要是老看到别人的短处，你就学不到别人的长处，自己一辈子就不会有长进。再说，你老是嘲笑别人笨，小时候别人不和你一起玩，长大后别人不和你一起干，你将来一生都是放独鞭。你要是这样笑话别人，别人都想看你的笑话。人抬人才高，人踩人自低，要是大家都想踩你，你再大本事也上不去。"顺便解释一下，"放独鞭"是我们老家的口语，就是一个人出去放牛放羊。

妈妈用生动形象的比喻，委婉地教我要学会"谦虚"，对我来说，这是最生动也最深刻的一课，妈妈一席话让我终生受用。

"拇指和中指谁最有用？"这是妈妈对我的终极之问，说真的，它们哪个指头最有用，到现在我也说不清。

五、"叹气的是软骨头！"

当小孩刚能站立时，需要父母扶着；当小孩能慢慢挪步时，需要父母牵着；当小孩开始走路时，需要父母跟着；当孩子会跑会跳时，父母只得远远看着；等孩子们远走高飞时，父母只能在家闲着……

自己做了父亲后，我才逐渐地认识到，随着孩子一天天长大，父母能给孩子提供的帮助就一天天减少；随着孩子的活动半径一天天加长，父母给孩子的影响力就一天天变小；随着孩子的独立性一天天增强，孩子慢慢就会不依赖父母了。

父母对孩子撒手越早，孩子的能力就会越强；孩子越是不需要父母，就说明父母的教育越成功。

小孩就像幼树一样，小时必须培土、扶直、浇水、剪枝，幼树的功夫做好了，它后来自然就会长得树干参天、枝繁叶茂。

父母要在小时候给孩子提供良好的营养，让他们有一副健康的体魄；给小孩做出好的表率，让他们从小确立积极的人生态度；还要让小孩养成良好的生活习惯，教会小孩独立思考的方法，培养他们浓厚的学习兴趣、强烈的求知热情，以及探索未知的勇气。

小时这些没有做或没做好，孩子长大了再来教育都是徒劳，假如把上面这些都做得很好，等孩子长大了，父母自己就能自在逍遥。

我和弟弟年龄很小时，妈妈特别喜欢与我们闲谈，等我们长大了以后，她完全放手不管。

妈妈没有像爸爸读那么多书，但她比我爸爸更会教育孩子。妈妈简直就是个天生的教育家，而她教育我们兄弟全凭健康的常识。可惜我父亲书读得越多，他老人家离常识反而越远。

小时候村里差不多家家都穷，我们家更是常常穷得揭不开锅。

记得有一年梅雨季节，老家连下了二三十天雨，月底最后几天，家中不仅没粮，没盐，没油，连野菜也没了，甚至连煮饭的柴火也没了，既没有米下锅，也没有柴生火。肚子饿得咕咕直叫，下顿饭又没有着落。陶渊明所感叹的"瓶无储粟"，比起我家当时的惨况只是小儿科。我和弟弟经常向邻居借盐，借油，借米，借火柴，但每次都只借一样，很少出现样样都要借的情况，这次家里真的已经山穷水尽了。弟弟比我小六七岁，他哪知道家中粒米不剩，只一个劲地缠着妈妈要东西吃，父亲铁青的脸好像凝冻了一样，我瘫坐在凳子上连声叹气。

看到我唉声叹气的样子，妈妈十分严厉地对我说："叹气的是软骨头！"

她连夜去亲戚家借了点干苕片和盐，向邻居借了一捆柴，叫我去野外挖了些野菜。一连吃了两天苕片煮野菜后，生产队里就发了下月的口粮，天也很"友好"地放晴了。

这一经历让我后来明白，"水光潋滟晴方好，山色空蒙雨亦奇"，要写出这样的千古名句，不仅要有过人的才气，而且要能保证有饭吃，也就是说，肚子里除了有才还得有米。在连绵阴雨中饥肠辘辘，还要觉得"山色空蒙雨亦奇"，那我就真信了你的个邪！太阳一出来我就跑到山上砍柴，谁还能比我更能感受"雨过天晴"的快意？

苏轼说"人生识字忧患始"，爸爸书读多了容易多愁善感，遇事反而不像妈妈那样胸有成竹，更不像妈妈那样豁达坚韧。在妈妈眼中"天下无难事"，我还真没有见过妈妈叹气。

"叹气的是软骨头"，妈妈骂我的这句话，刻在了我的骨头上，融化在我的血液里。

今天是母亲节，弟弟与我在微信上越洋聊天说："小时候吃了上顿没有下顿的苦难，是我一生最大的财富，妈妈面对苦难的冷静乐观，更是我一生学习的典范。在美国每次遇到困难，我就想到小时候的饥饿，自然而然就想起了妈妈。"

我也是一样，每当心情沮丧的时候，我也会无意识地想起妈妈，在妈妈的字典里，你永远都找不到"沮丧"。

只有人才把自己逼向绝路，而天从无绝人之路，妈妈用她的一生向我们演绎了这个深刻的道理。任何时候只要你不绝望，那希望就会在前面等着你。

六、"穿不穷，吃不穷"

妈妈一生都闲不住，她从没有享过"清福"，"清闲"对她来说简直就是一种折磨。

我刚上大学时妈妈还在"出工"，也就是在生产队里下地劳动。她是个小脚，走路都很困难，下地干活本已十分难受，挑重担更是残忍的折磨。父亲死前十几年就不能下地劳动，也就是说不能在生产队挣工分。我高中毕业前，家里只有妈妈一个人挣工分养家糊口。那时我们队里一个工分5分钱，强壮劳力每天10个工分，我妈妈每天5个工分，迟到了还要扣工分，所以妈妈每天起得很早。农忙季节妇女也要出早工，早上收工后再回家做饭。家里家外都靠妈妈一双手，一家人都指望她这双手吃饭。每次收工后她总急急忙忙回家，回到家里又急急忙忙洗衣做饭，吃完饭马上又急急忙忙"出工"。

这么大的劳动强度，这么长时间的疲劳战，这么恶劣的伙食，奇怪的是竟然没有把妈妈累倒，更奇怪的是没有听过妈妈喊累。

是什么精神力量在支撑着妈妈？

我刚上初中那年秋天，妈妈有一次着凉感冒，可能是发烧不能起床。妈妈把我叫到床头说："儿子，今天不要去学校。你赶快给家里做早饭，早饭熟了再烧开水，我喉咙渴得冒烟。"那时家里没有温度计，现在想来妈妈肯定是高烧。

吃过早饭，喝完开水，妈妈还是说她头疼得很。妈妈喊我过来说："儿子，再倒碗开水来。"她边喝开水边自言自语："我不能倒，我不能倒！我要倒了，家就散了。"

后来我才逐渐悟出来，是对家庭高度的责任感，使妈妈忘记了自己的劳累，尤其是对两个儿子深厚的爱，使妈妈觉得生活有了盼头，也使她隐约觉得未来还有希望。

弟弟一上小学就表现优异，不是当班长就是当学习委员，无论在学校还是在村里，他在同伴中都很有号召力。初中后期我也开始懂事，知道要主动分担妈妈的重担，每个星期都和成人一起，走几十里路进山砍柴。妈妈特别喜欢弟弟，一看到我们兄弟俩，妈妈马上就两眼放光。

由于是晚年意外得子，妈妈对我和弟弟都有点溺爱，但有两点她从不通融：一是好吃懒做，二是虎头蛇尾。

每天清晨，我和弟弟都必须早起，作为长子我更没有睡懒觉的权利。有天早上妈妈从地里回来，看到我还没有起床，她第一次拿出长棍来打我。那天是装睡还是真睡着了，到现在我也说不清楚。

在我们家，最大的"罪过"就是懒惰，最"丢人"的事情就是睡懒觉。父亲自己虽然不能起床，但每天都要喊我们弟兄起床。那天到底是父亲忘了喊我起床，还是他喊了我没有听见呢？

当天晚上，妈妈郑重地对我说："人的一生，吃不穷，穿不穷，好吃懒做才受穷。"小时我觉得，妈妈这席话句句在理，现在看来倒不全对。受穷的原因不全是"好吃懒做"，我妈妈一生都在辛勤劳累，她还不是一生都在受穷？宋人说"陶尽门前土，屋上无片瓦。十指不沾泥，鳞鳞居大厦"，今天在北上广建房子的农民工，哪个能买得起北上广的房子？

但不管怎么说，勤劳是一种积极的人生态度。妈妈苦口婆心的"勤劳教育"，特别是她自己的"勤劳表率"，使我和弟弟一直不敢偷懒。

勤劳不一定能够成功，但成功者一定勤劳——不须自己努力的官二代富二代除外，官二代的那些"事业"，富二代的那些财富，都是天下掉下来的馅饼。

妈妈口中的"懒惰"，既指不动手，也指不动脑。她几次对我说："动手艺好，动脑才高。"不知道这些俗语，妈妈是从哪儿学来的，我在村里很少听别人说过，可能得自她娘家的口耳相传。

从小父亲就要我练习写字，规定我每天要做算术，每周要写作文。写多少字，做几道题，妈妈心里都有数，没有完成就要受罚。不管是读书还是干活，妈妈都不允许我们兄弟半途而废，任何一件事情都要坚持做完，妈妈容不得虎头蛇尾。妈妈自己也是一样，当天的事她绝不会拖到第二天。妈妈教育我们说，从小做一半留一半，长大就养成坏习惯。

妈妈大概没有"终生学习"的观念，可能还不知道"持之以恒"这个成语，但我们是从她那儿懂得，做人一定要终生努力，干事一定要持之以恒。

我们还从她那儿学到了，人要辛勤劳动，也要享受生活。我从妈妈那儿听到了一则名言："辛苦做，快活吃。"再联系妈妈常说的"吃不穷，穿不穷"，我觉得妈妈的生活观念其实很"前卫"，"辛苦做"是创造财富，"快活吃"是品味生活。

过些天，我会把"辛苦做，快活吃"六字，写成条幅挂在墙上，作为我余生的座右铭。

七、"不读书就不能活？"

父亲急躁的性格让他自己受苦，也让我们兄弟跟着受气，我这个家中长子更是倒霉。

才学会了数数不久，父亲就要我背乘法口诀表，就像刚学会走路，他就要求我开始学长跑。还不懂2+3是什么意思，父亲就要我背2×3口诀。且不说不明白乘法口诀上的意思，就是明白了它的意思，乘法口诀表也极其单调枯燥。

为了背熟这个乘法口诀表，我不知吃了多少苦头，也为背不熟这个乘法口诀表，我不知挨了多少拳头。

每天晚饭前，父亲就要我背一遍口诀表，本来就背不出或背不熟，越是不会背就越紧张，一紧张弄得连会背的部分也背不出来。到了后来我越是不会背，父亲就越是来气，只要我一背不出来，拳头马上就打了过来。母亲次次打我主要是"吓"，父亲每次打我都是真打。也可能是他不想弯腰，他一伸手就打我的头，母亲多次抗议以后，他才偶尔仁慈改打屁股或者打我的手。

有次头上打得肿起一个大包，母亲见后心疼得眼泪汪汪。这次妈妈和爸爸大吵了一顿，妈妈指责爸爸说："这哪是教孩子读书，分明对孩子有仇！仇人也不会这样打一个小孩，你还能忍心下这样的毒手？"

那次父亲可能自知理亏，可能他的心也软了，只听见母亲在一边数落，没听到父亲回嘴反驳。

没有反驳并不意味着他会改错，过后他仍用拳头打我，不只仍旧打我的头，而且仍旧打得很重。现在回想起来，我觉得父亲不一定想打我，是他一动怒就失去控制，再加上他一直十分压抑，我就成了他的一个出气筒，这个世上他也只能拿我出气。

对于我来说，背的已经不是乘法口诀表，简直就是死后必须过的奈何桥。一看到这个口诀表我就烦，一想到要给父亲背口诀表就打战。在妈妈面前我会背，在父亲面前就忘光了。后来，妈妈对爸爸说："花子会背了，没见过你这样教孩子的！"这样，我不需再到父亲面前背口诀表了，躲过了人生的第一次劫难。

在父亲面前读书，就像唐僧去西天取经，一难刚过又来一难。好不容易不需要在他面前背口诀表了，父亲又强迫我提前上小学。

小时候，我最讨厌的就是读书，最害怕的就是上学。父亲好像存心和我对着干，我烦什么他就让我读什么，我怕什么他就让我干什么。那时父亲是我的"白骨精"，只可惜我没有孙悟空的本领，没有能力和他抗争。

对我来说，上学校无异于上刑场，不记得第一天是怎样熬过来的，第二天打死了我也不到学校去。结果当然是被父亲打得要死，而且第二天还得到学校去。我也不知道那天哪来的勇气，宁可被打死，也决不去学校！

家里的大事从来是爸爸说了算，这次妈妈也豁出去了，她对爸爸说："儿子明天不上学了，明年再报名读书。"她虽语气平静却很坚定，声音虽小但不容商量。

爸爸吃惊地望了妈妈一眼："今年他不想上学，你心就这么软，他明年要是还不上学，你拿他怎么办？"

"还没有到明年哩，今年孩子还太小，到了明年再去上学。"妈妈头也没有抬。

"到明年他还不想上学呢？不读书他将来怎么活？孩子就是你惯坏了！"说着说着爸爸的嗓门就大了。

"孩子哪里惯坏了？和他同年的小孩都在家玩，你为什么要他一个人先去上学？不读书就不能活？垸里数你的书读得最多，是不是数你活得最好？身边有那么多人没读过书，没有听说有多少人去上吊！"

也许是妈妈说到了爸爸的痛处，这次爸爸破天荒地妥协了。

小学同学很多现在记不住名字了，初中和高中的同班同学中，绝大多数都比我大一两岁，说明父亲让我发蒙得太早了，他是在揠苗助长。

其实，妈妈并不是反对读书，相反她十分看重孩子读书。她一生对爸爸不离不弃，背地里总对我们夸爸爸"有文化"，可能与爸爸是"读书人"有关。农民因为自己一字不识，反而更敬重识文断字的人。方圆十几里的人都叫我父亲"好角色"，我母亲一生也调侃地喊他"好角色"。妈妈到老还保持了"敬惜字纸"的传统，从不践踏路上的字纸。

她知道小孩读书十分重要，但不认为人只有读书一条路。老人家坚信"行行出状元"的硬道理，是她不知道"万般皆下品，唯有读书高"呢，还是不认可"万般皆下品，唯有读书高"？可惜，妈妈生前我没有问过。

她鼓励我们兄弟读书，可从来没有逼着我们兄弟读书，更没有像今天许多父母那样，鄙视不读书或不会读书的孩子。

在妈妈眼里，会读书当然很好，不会读书也未必很糟，正是对读书的开放态度，使我们兄弟读书很轻松，没有精神压力反而喜欢读书。在爸爸的棍棒底下，我和弟弟哪敢不读？妈妈从不逼着我们读书，我和弟弟却会找书读。"不敢不读"情况下，读书成了痛苦的折磨，主动"找书读"才算尝到了读书的"味道"，觉得读书有味才会有读书的动力。

爸爸把读书弄成了难忍的"苦差"，妈妈则把读书变成了难得的"乐事"。

如今，"教育焦虑"成了一种社会疾病。它不是成人对自我教育的焦虑，而是成人对儿女教育的焦虑。大部分成人自己早就不读书，但他们却很早就要孩子读书，而且越是自己不读书的成人，越发逼迫自己的孩子读书。很多父母喜欢攀比，可从来不拿自己与别人比，看谁的书读得更多更好，却总喜欢拿自己的孩子与人家孩子比，看哪家孩子考分最高，似乎他们自己不读书是理所当然，而他们的孩子不好好读书则罪恶滔天。

人生原来"大道如青天"，许多家庭却只有读书这"华山一条道"，这些家长把孩子逼向了死角，既"逼走"了孩子人生的乐趣，也"逼走"了孩子们读书的兴趣。

真庆幸自己有这么通达的妈妈！要是没有妈妈，我不会以书为友，肯定是与书为仇。

八、"怎样才算'有出息'？"

小时候，我不管怎么干爸爸都不满意，不管怎么干妈妈都很满意。原因是父母对小孩的期望不同，要求的标准也就自然有别。

和千千万万的父母一样，父亲迫切地望子成龙，眼巴巴地盼我

"出人头地"。他年轻时可能算是美男子，身材高大魁梧，老来仍然鼻梁高挺，面部棱角分明，还像村里人恭维的那样"能写会算"，又会吹拉弹唱多才多艺。我出生不久就碰上了大饥荒，后来正长身体时又没饭吃，不只没有父亲帅，我还没有父亲高，模样也难叫父亲满意，加之小时又特别顽劣叛逆，怪不得他老人家对我失望至极。父亲一生什么也没干成，可要求我们兄弟什么都能干。

只要她两个宝贝儿子身体没病，做人"站得直，行得正"，我妈妈就此生足矣，她只强调我们要做个正派人，从没要我们要成为"人上人"。

以读书为例，爸爸总要我们争第一，哪怕你是第三、第四名他也不高兴，在他面前我们永远不得"翻身"——读得不好要"将功补过"，读得好又要"再接再厉"，我小时的日子就是一眼望不到头的苦海。

记得弟弟小学时数学不错，但语文好像不怎么行，尤其是作文让爸爸皱眉。大多数作文分数都不高，老师的评语更不好。一看他的作文，爸爸就心中火起。老弟从小就讨人喜欢，爸爸对他常常网开一面，教他动口多动手少，可烦心的是，不管爸爸怎么尽心辅导，他的脑子就是不开窍。弟弟写作文还真有点"我行我素"，自己过去是怎么写，现在还照原先那样写。爸爸起初看他的作文还只是摇头，老人家最后恐怕连上吊的心也有了。见这个混蛋儿子朽木难雕，爸爸干脆自己给弟弟代写作文，好像帮他连写好多篇。自从有爸爸帮忙代笔以后，弟弟的作文成绩就"进步"神速，每次看老师评语全家都哈哈大笑：弟弟喜笑，我是怪笑，爸爸苦笑，妈妈嘲笑——笑爸爸太荒唐："我一生没见过这样教儿子的！"

为了儿子得第一，爸爸为儿子代笔！爸爸的教子之方，可入当代的"拍案惊奇"。

一听到爸爸骂我"没出息"，妈妈就反唇相讥："你要孩子怎样才算有出息？"一听到爸爸教我们争第一，妈妈更是恼火："第一只有一个，天天想第一，活得累不累？你就这臭脾气数第一！"

妈妈对我们是不是"第一"毫不在乎，但对我们是不是"站得直"却十分在意。

小学二年级时，下午放学后我与几个同伴去拾麦穗，碰巧队里的麦子还没有收完，我们五人每人都偷了一小捆回家。拾来的麦穗参差不齐，偷来的麦秸整整齐齐，根本骗不了妈妈的"法眼"。

妈妈一见就审问："哪偷来的？"

"我捡的，没有偷！"

"还嘴硬！哪里偷来的，送回哪里去！"

"妈，下次不偷行吗？这次又没人看见。"

"没人看见就能偷？我陪你送回去！"

"再送回去，别人就看见了！"

"你还知道偷东西丢人？知道丢人还要偷？就是要让别人看见，我陪你一起去丢脸！"

我和妈妈送麦子回去的时候，恰巧碰上队里邻居捆麦子，几十个人看着我把麦子送回原地。当时我真想入地三尺，像孙悟空那样缩进土里。接连好多天，我在垱里不敢抬头，好长时间都对妈妈心有怨气。高中毕业后，我把这段经历写成了独幕剧《拾麦穗的风波》，发表后在我们那里还搬上了舞台。

除了这次有意让我出丑外，妈妈一生没有让我们难堪，她非常注意维护儿子的尊严。

妈妈一生无欲无求，所以一生不向别人低头。俗话说，"人求人矮半截，人不求人一般高"。

她对两个儿子也一无所求，一不要我们成名成家，二不要我们知恩图报。

大学四年级上学期，我对妈妈说准备考研究生。妈妈觉得读完大学就很了不起了，再读不读研究生真无所谓，老人家笑着对我说："儿子，想读就去读。"我也笑着对妈妈说："妈，不是我想读就能读，要我考上了才能去读。""考不上拉倒，读完大学就行。"

二三十年前，弟弟在上海研究生毕业，刚一留校，马上又到美国深造。妈妈听说后一脸迷茫："读完研究生够好了，留到上海老师身边够好了，干吗还要跑那么远去读书？"不求儿子大富大贵，只求儿子一家能时常见面，才是妈妈最大的心愿。弟弟临走的前几天，妈妈一直闷闷不乐；听说弟弟安全抵达后，她心里的大石才算落地。

我们上中学后，妈妈只照顾我们兄弟的生活，从不过问我们的读书学习，也不管我们的为人处世。她老人家常说，没有人想把自己搞糟，谁都希望自己好上加好。从小要是"站得直，行得正"，长大了影子就不会歪，自然就知道朝正道上奔。

妈妈从来不要求我们出人头地，也不要求我们排名第一，甚至也不要求我们胸怀大志，她朴素地认为，"行得正"的孩子自己会争气，靠人逼的孩子难得出人头地。

妈妈也不稀罕我们干什么大事，小时候她提醒我们干好手头的事，而我们手头的事全是小事。她只要求我和弟弟干好手头的小事，"小事"就成了我们的"大事"。这反而养成了我们脚踏实地的品性，每天都活得非常充实。没有什么远大理想，没有什么心理压力，我们做到当日事情当日毕，最后水到渠成的结果，时常给大家意外的惊喜。

在教育我和弟弟的时候，妈妈没有什么教育理念，而是凭自己健康的常识。她不是给儿子施加外在的压力，而是激活我们进取的动力。她没有给我们树立宏伟的目标，而是让我们慢慢确立坚定的自信。她对我们的影响基本不是靠言传，而是靠她的示范表率和母爱温暖，不管外面的情况如何严峻，我们家里从来都是春天。

有幸做妈妈的儿子，我活得快乐，学得轻松，干得惬意。妈妈，下辈子我还要做您的儿子，我一定不再让您老人家生气！

母亲尹氏，讳显英，生于1923年10月15日，逝世于2008年1月20日，享年85岁。

2020年5月10日母亲节初稿

2020年5月17日定稿

结婚琐谈

　　有言在先：时下少数青年朋友崇尚独身，也许他们认识或体验到了独身的快乐。生活方式和婚恋观念的选择，与一个人的年龄阅历、价值取向和个人境遇有关。我希望年轻朋友恋爱结婚，并祝愿他们都幸福快乐，但同时也尊重所有人的生活抉择，更由衷赞赏"我的人生我做主"。

　　过几天要去清华大学深圳研究院讲座。深圳校友会的朋友得知这一消息后，热情地邀请我顺便和校友们聚聚。汉语"聚聚"的含义太丰富了，它字面的意思是亲朋团聚，在这里它的潜台词，大概是要我和大家耍耍嘴皮。校友会的邀请自然盛情难却，我准备聊"中国古典爱情诗歌中的灵与肉"。之所以聊这个"不太严肃"的话题，是因为不少深圳校友仍然还"剩着"，尤其是有很多优秀女生至今还"挂单"，这常常让我们这些"娘家"的老师深感不安。

　　这篇文章原本是为演讲准备的开场白，哪知一下笔便"不能自休"，在电脑上一不留神就敲了一万多字，一不小心弄得"喧宾夺主"，于是只好将它独立成文。

文章的标题就是文章的主题：青年朋友，结婚吧！

谁要想自己有一个完满的人生，就必须先有一个自己的家。有了家就能尝遍人生的酸甜苦辣，有了家就知道什么叫"爱恨交加"，有了家便会有一个二个三个四个娃娃，有了娃娃你才会知道生命中原来还有许多牵挂……

一、最强烈的"人欲"

我们是社会中的普通人，应该享受普通人的男欢女爱。

爱情是男女之间强烈的吸引与倾慕，它既根于我们自身的内在本能，也是人们努力奋斗的精神动力；既是我们欢乐的源泉，也是我们痛苦的渊薮；既是人类生存繁衍的唯一途径，也是个体沮丧绝望的重要原因。

世界上有种种不同的爱，如父母、兄弟、儿女、师生、朋友之间的慈爱和友爱，还有基督徒对上帝的爱、伊斯兰教徒对真主的爱。这些爱的性质与强度都不同于爱情，因为异性之间的爱情伴随着生命的冲动，它指向灵与肉的结合，而不像其他的爱仅仅是精神的惦记关切。

我们孝敬父母，慈爱儿女，帮助朋友，这些爱都要求升华和拓展。如"老吾老以及人之老，幼吾幼以及人之幼"，因敬自己的老人而敬天下的老人，因爱自己的儿女而爱天下的儿女，因而儒家强调仁爱，基督教强调博爱。爱情则具有强烈的排他性，爱者既不能将爱"分摊"，被爱者也不能与他人共享。

假如哪个混蛋将爱女朋友之心，用来去爱天下的其他女性，那就成了滑天下之稽的笑话。在爱情上止于"爱吾爱"，绝不能拓展为"爱吾爱以及人之爱"。

其他的爱都要求共享，唯有爱情要求专一——爱者必须忠贞，被爱者完全独占。任何一个花心萝卜的最终结局，都是成为千夫所指的"薄情郎"——他自己若无一不爱，别人必然无一爱他。

俗话常说"人欲横流"，爱情就是最强烈的"人欲"。其他感情仅限于精神层面，只有爱情同时还与肉体相关。恰恰是爱情的这种独占和专一，表明它与我们的生命不可分离，所以钱锺书先生说"恋爱是人生的必需，友谊只能算是一种奢侈"。

我国古代伟大的思想家中，要数孔子最为诚实可爱。在《礼记·礼运》中，孔子直言不讳地说："饮食男女，人之大欲存焉。"他老人家认为饮食之欲与男女之情是人最大的欲望。这两样涉及人的动物本能。孔子在《论语·卫灵公》中更沮丧地说："已矣乎！吾未见好德如好色者也。"译成现在白话的大意是：算了吧，像爱好美色那样爱好美德的人，我一生从来没见到过。为什么会这样呢？因为"好德"需要后天的熏陶培养，"好色"则出自人的动物本能。

人完全可能缺"德"，但绝不可能无"性"，除非你已经没"命"。因此，对于我们每一个人来说，爱情婚姻实属"性命攸关"。

人类爱情的独占性，来于人类自身的特殊性。在地球上的所有动物中，只有人的"欲"（本能）渗透了"灵"（精神），而人的"灵"又不能脱离"欲"。爱情既是精神之恋，也是肉体之爱，是灵与肉的完美结合，所以爱情是生命的一种癫狂状态，是人生的一种高峰体验，它能给男女双方带来巨大的快感，也能激发男女双方创造的灵感。

这种灵与肉的结合，只有在爱情中才能实现。它使男女在这个苦难的尘世，能够瞬间进入"天国"，获得片刻的狂喜忘情。罗素说他宁愿以漫长的痛苦，换来人生短暂的销魂，他在《罗素自传》的序言《我为什么而活？》中说：

Three passions, simple but overwhelmingly strong, have governed my life: the longing for love, the search for knowledge, and unbearable pity for the suffering of mankind. These passions, like great winds, have blown me hither and thither, in a wayward course, over a great ocean of anguish, reaching to the very verge of despair.

顺便说一下，我特别喜欢罗素的文章，他的英文是人间最美的文字，既明澈准确又俏皮自然，所有翻译都无法传达这种美感。下面是摘录自教材的译文："对爱情的渴望，对知识的追求，对人类苦难不可遏制的同情心，这三种纯洁但无比强烈的激情支配着我的一生。这三种激情，就像飓风一样，在深深的苦海上，肆意地把我吹来吹去，吹到濒临绝望的边缘。"

罗素把自己"活着"的动因归结为三点，"对爱情的渴望"处于首要位置，因为爱情能给他带来狂喜，能解除他的孤寂，能升华他的生命境界。

从来没有真心爱过别人，也没有被别人真心爱过，这样的人生残缺而又不幸。

从古至今有不少杰出天才选择独身，如牛顿、培根、康德、尼采，现代哲学家金岳霖，当代女科学家颜宁目前好像也是单身。他们独身的原因或许各有不同，有的是没有遇上自己喜欢的人，有的是错过了自己喜欢的人，有的可能是由于性取向的不同，有的可能对科学过分痴迷，但他们都有一些共同的特点：一、对自己的才能极度自信，坚信牺牲一己幸福能成就万世美名；二、在自己所从事的事业中获得了乐趣，事业上的卓越成就使他们忽视了生理和心理的需求。

即使大家再有才能，我也不希望朋友们独身。爱情与事业并不矛盾，历史上许多伟人创造了辉煌的事业，也享有自己甜美的爱情。如爱因斯坦，如罗素，如比尔·盖茨，还有中国无数的政治家、科学家和商业巨子。

可别忘了，英国铁娘子撒切尔照样做了"夫人"，杨振宁八十二岁依然再当"先生"。

二、"我想有个家"

现在许多文章说独身如何快乐，如何自由，如何前卫。这类文章所描绘的"独身美景"，与我亲眼所见到的现实图景，反差之大超过了"天壤之别"。至少在我的硕士和博士生中，还没有发现剩男剩女有多快乐。身边这些剩男剩女被"剩"的原因虽大不相同，但不想"剩下"的心情却完全一样。

人们也许早已注意到，男同胞对"剩男"的称呼并不太计较，有些大龄单身女性对"剩女"之称却十分反感，认为这是对独身者的歧视。苦于一时找不着更简洁的称呼，对社会上的大龄单身男女，暂且还是约定俗成地称为"剩男""剩女"。

此处的"剩"不是被别人"挑剩"的"剩"，它绝不含有"没人要"的意思。如果剩男是娶不到，而剩女是嫁不出，我还在这里写《结婚琐谈》，不仅毫无意义，而且十分残忍。

剩男剩女们"剩下来"的原因，或是缘分未到，或是错失良机，或是心结未解，或是观念偏差。他们能否脱单只在一念之间，我才在这里描绘婚姻那诱人的"海市蜃楼"，让那些仍在四处游荡的青年男女，尽快牵手走进婚姻的殿堂。

除非你的感觉像木头那样麻木，或者你内心像上帝那么强大，否则你很难享受什么"独身的自由"，也很难感受到"独身的快乐"。更何况，树木要改良品种也须嫁接，否则它必然会不断退化。上帝虽然一直还是"独身"，我想主要原因恐怕是找不到配偶，不然的话他老人家一定也会结婚。

其实罗素把爱情说得太玄乎了，我们老祖宗对爱情的看法更贴近人情，他们早就将"食"与"色"看成人的本性，至今大家还常说"饮食男女"。

人们常说婚姻是爱情的坟墓，现在我觉得婚姻是爱情的归宿，走向婚姻殿堂的爱情，就像结出了硕果的花朵。

有一首歌叫《我想有个家》。我们为什么想有个家呢？朋友们看看"家"字的结构，上面的宝盖头即房屋，下面那个"豕"就是猪，"家"的本意原指"猪的住所"，后来又把"家"引申为"关牲口的地方"。可见，人在"家"中就像猪在圈中，许多清规、习俗、道德，形同一条条锁链，使人动弹不得。钱锺书长篇小说把婚姻比成"围城"，巴金的《家》更像囚禁人的城堡，冲出"家"的"围城"，砸碎"家"的锁链，成了这两本小说的主题。

"家"既然这么坑人晦气，人们为什么还喊着"我想有个家"呢？世上成家的要远远多于出家的呢？

大家可别忘了，钱锺书与杨绛可是神仙眷侣，巴金与萧珊同样是琴瑟和鸣，钱先生一生在"围城"里偷着乐，巴金更没有真的冲破"家"的牢笼，他老人家还儿女双全哩。

"家"固然限制了人的自由，但它也给我们带来了许多温暖；"家"的确减少了我们许多野性，但它也给了我们心灵的安宁。

没有房子人们就得风餐露宿，但有了房子也只能说"买了房"，买了房还不能说是有了"家"，男女结婚才叫"成家"。女性的伟大之处就是她到了哪里，自然就把"家"带到了哪里。结婚之前男孩说回家，就是回到妈妈那里，结婚之后说回家，他就是回到老婆那里。

有了"家"就有许多矛盾，但哪怕再激烈的争吵，也比对着墙说话要更温馨。尤其是像北京、上海、深圳这样的特大城市，孤身一人有点像孤魂野鬼。环顾四周那些匆忙的步履，那些焦灼的眼神，那些烦躁的心灵，人们连自己的事情都难于应付，谁还有闲心在意他人的苦乐？

是的，没有家可以到餐厅吃饭，服务员的笑容比老婆老公更加灿烂。可服务员的笑容你必须付费，笑容的甜美与掏钱的多少恰成正比，他们都是"见人开口笑，过后不思量"，你可以从他们那儿吃到热菜，但你不可能从他们那儿得到温情。

你在陌生的城市工作，这个城市有关心你冷暖的心上人，你才觉得这个城市有温度，否则，这里对你来说就是个冰窖。

且不说个人生理上的需要，我在精神上也离不开家。也许是我内心不够强大，也许是我从小生长在农村，在城里特别害怕孤独，我宁可在家里和太太吵架，也不愿一个人像幽灵似的踯躅街头。

有了家以后你会更快地成熟，遇到问题你会换位思考，说话你会考虑对方的感受，办事你会想到要对另一半负责，这样你慢慢就会有责任感。当另一半下班带回你喜欢的糕点，做好你喜欢的晚餐，你可能突然会觉得生活特别美好，你会觉得另一半特别可爱，这样你就会知道珍惜爱情，也慢慢懂得了什么是奉献。

很少有从不吵架的夫妻，吵架其实也是一种交流，不过它是一种特殊的"交流"。俗话说"不打不相识"，只要不吵到失控的程度，只要不戳到对方的"痛点"，只要限定在"就事论事"的范围，吵架其实有很多"正面"意义。妻子有时在家耍一点狠，老公可能会对你刮目相看。我宁可与旗鼓相当的对手过招，也不愿与百依百顺的绵羊厮混。丈夫偶尔对太太耍一下赖也没什么害处，至少可以杀杀"妻管严"的雌威。

"不失友好"的争吵让双方都尝到对方的"利害"，彼此在家里会更加收敛更为温柔，因为两人都怕失去对方，恰如左手不能没有右手。很多夫妻白天吵得越厉害，夜晚反而越缠绵。

可能有人因伤害太大而离婚，觉得婚姻不只是"围城"，而且是坑死人的"陷阱"。我想说的是，离婚也比从不结婚要好，这就像到风景点旅游，有些景区真的坑蒙拐骗，但去过才知道此地

"不可不游，不可再游"。一个景点玩得不开心，大不了不再玩这个景点，绝不会发誓不再看所有风景。同样，这次婚姻失败就再追求新的爱情，不可能从此痛恨天下的男人女人。

有些时髦青年宣称只做"情人"不当"爱人"。当情人不仅有"家"的温馨，还有"家"中所没有的激情，又没有"家"的种种羁绊和烦心。

我以一个男性见到的情况为例，来说明这种想法荒唐可笑。男性在情人那儿可能更有激情，但大多数情况下不会给情人"真情"。男人并不是女性想象的那么"粗枝大叶"，他知道自己在家中才能安身立命。妻子是他一生离不开的"粗茶淡饭"，找情人不过是下乡去吃野菜"尝鲜"。即使刚才还与老婆怒目而视，他的大笔存款仍旧给了黄脸婆妻子，纵然和情人总是笑脸相迎，给情人买礼品的不过是一些零花碎银。

"天下没有白吃的午餐"，这在婚恋上同样"放之四海而皆准"。你没有承担妻子的义务，就别指望享受妻子的权利；你没有像妻子那样地付出，怎么会有妻子那样的收获？有能力在外面泡妞的男人，谁心中没有一杆秤？"正是乘除加减，上有苍穹"，人们情感上的"收支"大体平衡。

男女在一起共同生活的时间越长，两人感情的纽带可能结得越紧。老伴之间不只是"爱情"，更主要的可能还是"亲情"——夫妻双方都融进了对方生命的年轮。

每当晚霞洒满大地，看到一对老人搀扶散心，我就情不自禁地想讴歌"婚姻"：它是爱情的升华，也是爱情的凝定！

三、大数据时代的爱情

明白了"饮食男女"的含意，就不至于把爱情想得过于诗意。

爱情有时候的确富于柔情蜜意，有时的确非常浪漫旖旎。雨巷中丁香一样的美丽姑娘，柳陌上跃马扬鞭的白马王子，两人虽然"身无彩凤双飞翼"，但彼此"心有灵犀一点通"。或者像秦观所说的那样，两人不仅一见倾心，并且一夜销魂，"夜月一帘幽梦，春风十里柔情"。

但这些都不是爱情的常态。平常我们所见到和尝到的爱情，特别是现代大都市青年男女的爱情，往往是千般计较后的结果。除了彼此对外貌不讨厌以外，还得把才能、学历、收入、地位和家庭考虑在内。现代爱情通常是两人或两家综合平衡的产物，是经过精确计算的最后"得数"。

这是大数据时代的爱情。

人们更相信自己清醒的理性，而不太相信所谓"一见钟情"。

事实也证明，"一见钟情"的婚姻，也最容易"一怒离婚"。

"一见钟情"只是外貌和性的吸引，但婚姻不只是外貌和性，不只是风流潇洒和谈笑风生，它包含柴米油盐的日常生活，它需要购买柴米油盐的真金白银，需要生活离不开的人际关系，需要双方的社会地位比较相称，更需要双方的才能大体相当，需要彼此的价值取向相当接近。

社会上流行一种极端的意见，认为现在这种东挑西拣的婚姻，只有利益考量而没有真实爱情。电视台上的相亲节目《非诚勿扰》《桃花朵朵开》，连一月挣多少钱一天花多少钱都要问个底朝天，这不能叫婚姻，最多只能算是买卖。

我可不这么看。

人们上街买一把小白菜也得货比三家，找一个终身伴侣岂能随随便便？

双方都弄清对方的底细，这样谈恋爱才"心中有底"。对方的优劣完全一清二楚，也许失去一些"朦胧美"，但也免去了不少"糊涂病"。经过了反复的掂量算计，当然会减少一些冲动痴迷，但以后也不至于天天吃后悔药。

大数据时代的知识生产，消费者可以按质按量付费，生产者可以按需提供知识产品。大数据时代的爱情，男女都有了更多的选择。

古代和近代很多表兄妹通婚，现代小说中还有不少表兄妹爱情，那是因为男女很难接触到其他异性。今天有了更多对象可供选择，选择多了自然就会拿来比较，也自然会形成不同的择偶标准——有的可能更倾向经济基础，有的可能更在乎对方容貌，有的更看重对方的才能，有的更重视对方的性格人品……

我认为每一种标准都没有优劣之分。比如，更倾向经济基础是寻求生活的安全感，更看重对方的才能是着眼于人家的前景，要经济基础的不过想"眼见为实"，要才能出众的不过是"投资未来"。

有人说"朝钱看"的男女，他们看上的是钱而不是人，由此断定他们之间不会有什么爱情。世上的事情不可一概而论，要是这些钱来于小伙子白手起家，他能干出惊天的事业，能积攒成金山银山，难道这还不能证明他的能力？难道他就不该赢得美女的爱情？

心里想钱快想疯了，嘴上却使劲骂钱"铜臭"，那叫矫情。

如果某姑娘爱上某傻小子，完全不在乎他有没有钱，更不在乎他没有房，只求"妾拟将身嫁与，一生休"，我们真心为这个姑娘点赞。但不能由此推出，嫁给成功男士的女孩就没有爱情，嫁给富人必定是冲着"钱"而去，她们都不是嫁人而是嫁给钱。

古人说"贫贱夫妻百事哀"，今天"贫贱"就成不了夫妻。这可不能责怪女孩俗气，在北上广深这些地方，"贫贱"连旅馆也不让你进，你看看稍稍像样一点的酒店，门口常有"衣冠不整，谢绝入内"。假如我们穷到"上无片瓦"，难道还真的要女孩和你结为"露水夫妻"？

金钱并非爱情的天然仇敌，可能还是爱情有效的催化剂。

西方人说，权力是最好的春药，其实，金钱同样也最能"催情"。

四、追求"理想婚姻"？我的天！

如今社会上的很多剩男剩女，就条件来说大多是"黄金单身"，剩下来的原因是对婚姻过于高调。他们许多人熬到了三四十岁，仍然坚守"宁缺毋滥"的婚姻信条。

他们大多是婚姻"理想主义"的麦田守望者。

恰如天生就缺乏虔诚的宗教信仰一样，在大多数事情上，我们并没有什么"远大理想"，唯独在婚姻上要和"理想"较劲。

先看看眼下常常见到的"恋爱程序"，再来聊聊难得一见的"理想婚姻"。

中外夫妻中，由一见钟情而牵手的比例极低，许多人都是经由熟人朋友介绍，当然也有少数人通过网恋。

无论他人介绍还是自己网恋，双方第一次见面的"好感度"，决定能否保持联系。

双方的"条件"能否接受，决定此后是否继续交流。

双方年龄、收入、出身，还有风度、气质、性格、才能，更高一点要求还有幽默、机智、三观等等，它们的总和，或它们部分之和，决定是否牵手婚姻殿堂。

想想看，要符合一个条件不难，要符合两个条件较难，要符合三四个条件很难，要符合所有条件就"难于上青天"。

要符合所有条件才算理想婚姻，可见理想婚姻永远只是"理想"。如果决心找"理想恋人"和"理想婚姻"，我的天，那等于你决心打一辈子光棍。

我们可以量身定做衣服鞋帽，但无法量身定做太太和先生。量身定做的衣服鞋帽，尚且难得让我们百分之百地满意，成人后才相识的伴侣，又怎么可能让我们样样称心？没有哪家专门生个女儿给你做老婆，也没有哪家专门生个儿子给你做老公，假如你不是铁了心独身，你就必须放弃理想婚姻的幻想。

我之前看到一篇文章，写到某明星时说："面对尚未到来的缘分，她的态度很坚决，'绝不将就，将就的婚姻，不仅是对父母的不负责，更是对自己的不负责，因为这是我的人生。'"

我至今弄不明白的是，什么叫"将就的婚姻"？什么叫"理想的婚姻"？

就婚姻而言，"将就"与"理想"并不存在一种统一的客观标准，"将就"也好，"理想"也罢，它们都是一种自我感受，这种感受受制于对自我的估价，以及对未来伴侣条件的期许。对自我的估值越高，对伴侣的要价也越高，"理想的婚姻"也就越少。

有些女性对未来伴侣的身份、地位、学历、财富，比男性择偶标准要严得多。要求的条件越严越多，选择的范围也就越小。

尤其麻烦的是，择偶又不像挑货，挑货是单方挑选，择偶是双方选择。挑货时，自己觉得比较"理想"就可以掏钱了，而择偶时自己觉得人家"理想"，人家可能又觉得自己不"理想"，仅仅一方觉得"理想"仍不能"成交"。让一方觉得"理想"已经很难，要让双方都觉得"理想"，婚姻就真的成了人类的"奋斗理想"了。

这位明星是家喻户晓的演员和歌手，所以她三十九岁还有本钱"绝不将就"。对于普通男男女女来说，如果也像一些明星那样发誓"绝不将就"，那无异于和自己的幸福开玩笑。明星名人不时会有命运之神敲门，他们兴许真的能碰上"缘分"。普通人可能命运早已忘记了你的名字，连鬼魂也不可能上门，错过了"这次"好机会，从此也许就没有机会。

条件能过得去，模样又不烦人，人品大体靠谱，我觉得就可以牵手结婚。钱锺书先生说，"彼此不讨厌已经够结婚的资本了"，实在是婚姻的金玉良言。

"条件能过得去"就可牵手，是一种随和的生活态度在婚姻上的表现。随和是充分意识到自身的不完美，也不以"完美"来苛求他人。先接纳不完美的自己，再接纳同样也不完美的他人。

自己并不是一个理想的完人，偏要去追求一种理想的婚姻，这算哪门子"婚姻理想"？这是地地道道的痴心妄想。

五、为什么只我"剩着"？

经济、才能、外貌、性格、人品，说来样样都非常重要，但我们择偶的时候不能样样都要。我们可以顾其一点而不及其余，也可以以一两点为主而兼及其余。要是样样都要求对方完备，那就不是在苛求对方，而是在苛求自己了。

世上没有一个样样优点齐备的完人，人家要是真的十全十美，那他肯定就不是你碗里的菜。

假如你喜欢对方的才能，你对人家的钱袋就不要在心。假如你看上了对方的经济实力，对人家的外貌最好闭上眼睛。假如对方钱既多人又很帅，你也许没有和他见面的缘分。

很多优秀女孩成了"剩女"，并非由于清高孤傲，多半是由于矜持胆小。有些女孩对喜欢的异性羞于表白，以致错失了美好的因缘。就今天的大学生和研究生而言，很多男孩比女孩更加胆怯忸怩，你就是等成满头白发满脸皱纹的老太婆，这些男人也没有勇气来追你。

有些女孩说，和这种男人在一起，自己宁可一辈子单身。

眼下，我们大学里培育出来的男生，大多数都是这种男人，姑娘莫非真的要出家做尼姑？莫非你真的要在城里"剩女"终身？莫非你死心要把自己嫁给鹰钩鼻子外国人？

姑娘何必如此狠心？

"差不多"就行了！

我是1977级的大学生。当年我们三十多人的班里，只有一个女同学最后成了我们的"嫂夫人"，其他那些"同桌的你"都做了人家的新娘。我们班里十分般配的很多，而真正恋爱过的却极少。一方面是那时校方管得太严，另一方面是很多男生虽然有这个"贼心"，但大家都没有这个"贼胆"，女同学又都没有想到"暗送秋波"，男同学更不敢"冲锋陷阵"，最后难以"两好合成一好"。

今天的情况更糟，年轻人升学压力过重，家庭和学校又过分强调"听话"，使我们的男孩过早地失去了"野性"。时下不少男孩是乖巧的"羚羊"，甚至有些男孩是搔首弄姿的"小鲜肉"，在他们中很难找到强悍的"猛虎"，找到豪迈奔放的男人。他们的拿手好戏是察言观色，千万别指望他们会"破釜沉舟"。

六、她怎么没"剩下"来？

男孩子畏缩，女孩就得勇敢，否则过了这个村就没有那个店。今天的姑娘们要好好向韦庄《思帝乡》一词中那个女孩学习：

春日游，杏花吹满头。陌上谁家年少足风流？　妾拟将身嫁与，一生休。纵被无情弃，不能羞。

我们来掉书袋讲讲这首词。"春日"交代了"时","游"则交代了"事",这三字勾勒了全词的背景。"杏花吹满头"一句承上启下,前两字"杏花"上承"春",后三字"吹满头"下启人。

　　"杏花吹满头"写出了春天里春光骀荡,更写出了游春美人的春心怒放,为下文埋下了伏笔。"陌上谁家年少足风流",从美女眼中描写陌上少年风流潇洒的英姿,像是赞叹,像是惊叹,也像是打探。

　　"足风流"用今天女孩的话说,就是"真的帅呆了"!

　　英国一位诗人曾经说过:"当我口中说你多么可爱的时候,其实我心中是说我多么爱你!"

　　于是就有了斩钉截铁的发誓:"妾拟将身嫁与,一生休",要是能把自己嫁给这小子,我一生也算够本了!打算把一生都托付给陌上那"足风流"的小子,对一个女孩来说是生命的抉择,就全词而言是情感的高峰。

　　女孩问"陌上谁家年少",可见她对小伙子一无所知,他风流倜傥的形象气质让她神魂颠倒,立马就决定以终身相许,这不是过于草率冲动了吗?不,女孩把最坏的结果都想到了:"纵被无情弃,不能羞!"哪怕被这个薄情郎抛弃,我也决不会感到羞耻后悔。最后这两句以峭折劲挺之笔陡转,以果断决绝的语气表现死心塌地的决心。

　　词中的女孩值得今天的姑娘学习:首先,她对自己喜欢的男孩敢于"豁出去",绝不像有些姑娘那样"颠倒费思量",一直在"瞻前顾后"中转圈,在患得患失中裹足不前,熬到最后男孩成了别人的新郎,这时想吃后悔药也无济于事。其次,她只顾一点而不及其余,她喜欢这个小伙子"足风流",嫁给他被抛弃也心甘情愿。假如她看上了人家的气质风度,又要求人家有多少存款,有多大的房子,还要求人家有多高的学历,有多硬的家庭背景,他们之间八成要"黄了"。男女在要找朋友的时候,千万别既要马儿跑,又要马儿不吃草。

我不一定赞成姑娘这种择偶方式,但我欣赏她那种一往无前的勇敢。

我们很多女生缺乏安全感,总害怕遇人不淑而吃亏上当。保护自己当然非常重要,但过度自我保护便会胆怯退缩。不敢或不愿"主动出击"的女孩,无论工作还是爱情,都可能错失良机。

恰如倾城美女是"稀缺物种"一样,优秀男儿也是"稀世珍宝"。那些有才华、有主见、有责任感、有幽默感,还有手段、又会挣钱的男生,环顾四周真是凤毛麟角,你要是有幸碰到了他,一定要"先下手为强"。在特大城市里,发现了"目标"哪怕稍一迟疑,"目标"就可能成为别人的猎物。刚才不是说过爱情具有独占性吗?在爱情这种事情上可不能"礼让三先"。

有些女孩从小就是爸妈的乖乖女,从上大学到选专业,从找工作到挑男友,样样都要接受父母的"遥控"。开始遇事不敢自己做主，最后遇事便六神无主。

我们小区邻居的一位千金，学历高、模样俏，三十多岁还和父母住在一起。十几年前，每当周末看到他家母女上街，邻居们都羡慕"他家有福气"，现在周末看到他家还是母女上街，大家心里都为这老两口着急。她身后原先跟着一大串男孩，有个男孩她自己十分喜欢，可爸爸妈妈又觉得"极不般配"，当她一直犹犹豫豫时，别的女孩捷足先登，让那个阳光帅哥成了自己家的丈夫。

挑男友要听从内心的召唤，特别不能让父母瞎搅和。一碰到能让自己"来电"的，应该像上面词中女孩那样"当机立断"，"纵被无情弃，不能羞"！

对自己的"终身大事"，有的女孩谨慎得过了头。和自己的男友一拍拖就是多年，把小姑娘拖成了老姑娘，把一盘热菜挨成了凉菜。姑娘，你们在大学念书的时候，只有期中和期末考试，试想要是天天都有考试，再好学的同学也要退学。你怎么能把"考验"男友常态化了呢？你天天都这样考验男友，再喜欢你的男孩也会换人，谁还受得了你那份罪呀？女孩都爱背"问世间，情是何物，直教生死相许"，却选择性地忘记了"天涯何处无芳草"的名句。

我想提醒一下姑娘们，在人世"情是何物"这一点上，苏东坡说的绝对要比元好问靠谱。

七、太不够"爷们"！

说到这里，我更要鼓励一下男同胞，谈恋爱不只是要有点"血性"，遇到了自己喜欢的姑娘要"奋不顾身"，追求喜欢的女孩要"一鼓作气"。谈恋爱更要有点"韧性"，开始被拒绝后不能沮丧，要有点"死皮赖脸"的精神，只要姑娘对你不那么讨厌，你永远都存在机会，精诚所至容易感动女神。

李商隐那些《无题》诗是艺术珍品，但他谈恋爱的方式真不敢恭维。"春心莫共花争发，一寸相思一寸灰""扇裁月魄羞难掩，车走雷声语未通"，这种单相思太不够"爷们"。

我大学一位同窗兄弟，才华很高，胆子怪小，爱上同班一位女孩，认为她身上"有一种林黛玉式的古典美"，害了三四年的单相思，一直到毕业也没有勇气对姑娘说："我爱你！"他在这边"春蚕到死丝方尽"，她在那边根本没听到"燕子归来报春讯"。最后的结果大家肯定能猜到：那位有"古典美"的姑娘嫁给了勇于追求的男人。

连十分内向的李商隐也明白"直道相思了无益"，后来才大彻大悟地说"未妨惆怅是清狂"。

有很多男孩比女孩脸皮还薄，总是担心遭到女孩拒绝。即使被女孩拒绝了，又有什么关系呢？大不了就是没有"面子"，连那点薄面都舍不得，你还能抱得美人归吗？再说，你还没有追求人家，怎么知道会被拒绝呢？

女孩开始拒绝不一定是不爱你，保不准是在试探你的决心。人家刚一拒绝，你马上就后撤，连我也怀疑你是不是真爱。

记一个英语单词还要背好多个来回，追一个女神哪能一蹴而就呢？

男孩在追女孩时还真不妨毛糙清狂一点，晚唐张泌的《浣溪沙》也许能给我们一些鼓励：

晚逐香车入凤城，东风斜揭绣帘轻，慢回娇眼笑盈盈。

消息未通何计是？便须伴醉且随行，依稀闻道太狂生。

看看人家追逐女孩的傻劲！看看人家向男孩抛"感情绣球"何等多情！小伙傍晚逐着"香车"一直追到了京城，见到姑娘"慢回娇眼笑盈盈"后更是来劲，为了得到人家一个准信不惜伴醉随行，全不在乎人家"骂"自己"太狂生"。

人家女孩同样也是风情万种，先向男生抛一个"慢回娇眼笑盈盈"，那是对"太狂生"举动的赞许，是对他"晚逐香车"的回报，更是要他继续疯狂下去的暗示；再向男生丢一句"依稀闻道太狂生"，这近似于今天女孩对情人说的"讨厌"，它既是被追求的陶醉，也是幸福的娇嗔。

今天的男女要是有这股劲头，神州大地上怎么会出现"剩男"和"剩女"？世界各国的青年男女也要排着队到中国来求婚。

八、还是"原装"的好

如今，结婚的人一天比一天少，离婚率却一天比一天高。

主要原因是大家对什么都非常"实际"，唯独对婚姻特别富于诗情画意。

不是中了爱情小说的邪，就是中了婚恋影视剧的毒，大家常把影视中那些演戏的场景，来生搬硬套我们普通人的爱情，常以爱情小说中那些感人的情节，来要求柴米油盐酱醋茶的婚后生活，使得很多女性觉得自己当年看走了眼，后悔自己嫁错了人。夫妻两人越过越憋屈，生活越来越没劲，直到双方都想"从头再来"。可是，一旦他们都"重新来过"，又发现自己回到了"原点"，很多人甚至还痛恨再也回不到"原点"。男女碰壁之后才如梦方醒：婚姻原来就像电器——还是"原装"的好。

《三国演义》中，为了笼络关羽和张飞两个结拜兄弟，刘备虚情假意地发过一通"高论"：兄弟正如人的手足，老婆只是人的衣服，我们的手足不可断，而衣服则可以随便脱随便穿。

我对刘备的虚伪极为反感，正因为他与关、张不是手足，才要虚情假意地说"情同手足"。他给关、张灌这些迷魂汤，无非要他们两人死心塌地为自己卖命。关羽和张飞为人忠厚勇猛，一生都被"大哥"刘备所蒙，他们岂止是为他断手足，最后张飞为他丧命，关羽为他断头。说老婆是衣服这种缺德话的刘备，身边早已是妻妾成群。像我们这些草民好不容易娶个老婆，哪敢随随便便地"脱"，脱了就变成了一丝不挂的光棍。

眼下不断攀高的离婚率，动摇了人们对婚姻的信心，误以为喜新厌旧是人的通病。

那倒不一定。

提到朋友，大家都称道"老友""故交"；品尝美酒，谁都是喜欢"陈年老窖"；俗话常言"老妻是个宝"，"糟糠之妻不下堂"更是人们的美谈。

"糟糠之妻不下堂"，不完全是与道德相关，还与"三观"和习惯相连。

我们两口子新婚不久，太太便"洗手作羹汤"，我一下筷子心里就发凉，暗暗感叹"自己的命好苦"。她端上来的每道菜，那模样真叫"惨不忍睹"，那味道真叫人无法下咽。每餐一吃到她做的菜，我就想起妈妈，一想起妈妈做的菜，我就口中流涎。十几年后才慢慢习惯她弄的饭，现在我也只想在家里用餐。其实，太太做菜的水平一直"不忘初心"，完全改变了的是我自己的习惯。

林语堂先生数到人生的福分，人们只记得"娶日本的太太，住美国的房子"，偏偏忘了还有"吃妈妈做的菜，睡在自己家的床上"。我深有同感，哪怕睡在五星级酒店的床上，我也是常常彻夜无眠。

从前，夫妻大多从人生的旭日东升，牵手到暮年的夕阳西下，除了日久生情以外，还因为他们逐渐养成了共同的生活习惯、共同的饮食偏好，还有共同的价值观念。老夫老妻在一起既称心，又舒心，更安心。五星级宾馆肯定比自己的蜗居豪华，但你在床上横竖都不自在，原因是对陈设、床单、枕头等都不习惯。换一个妙龄美女或"小鲜肉"，可能更好看更刺激，但对于平民百姓而言，不仅情感上不忍心，心理上不踏实，生活上也不习惯。

对女同胞我不便胡言乱语，但男人见到年轻漂亮的异性，我们谁都会怦然心动。"好色之心"人皆有之，我当然也属于这一路货色。但不是所有老男人都"老牛吃嫩草"，有的可能是吃不到嫩草，有的无疑是不想去吃嫩草，因为和黄脸婆在一起知冷知热知根知底，和嫩草似的美女一起心中无底。更何况与老妻不仅仅只有性，黄脸婆已融进了自己的血液，早已和自己打断骨头连着筋。人世哪有那么多坐怀不乱的圣人，碰到风情万种的仙女，一时难免见色心喜，偶尔也会意乱神迷，但对黄脸婆的爱并无二心。

用惯了Windows 7，改用Windows 10，人们很长时间仍不适应。适应一个新软件尚且如此困难，要适应一个新人又谈何容易？

更何况，再新的软件用几年也将过时，新娶的太太过几年也要变"旧"，难道也像重装软件一样，你一看到新人又立马"更新"？想想看，夫妻之间要是这样一直更换下去，那什么时候才算有个完？这不是我们还有没有安宁的问题，而是我们还要不要命？

一起分担了事业的成败，一起分享了人世的苦乐，一起走完了人生的历程，又一起共同延续了自己的生命——儿女早把他们两人合为一体，老夫老妻不只是有一张法律上的结婚证，他们已经是血脉相连的连体人，他们是人世间谁也离不开谁的至亲。

难怪，电器大家喜欢"原装"，夫妻人们看重"原配"。

有反对意见的请举手！

九、"鸳鸯不独宿"

对爱情婚姻万万不可"胸怀大志"，"志向"越大必然痛苦越深，要求越多可能收获越少。

二人世界里，你可以对自己"高标准"，但不可对伴侣"严要求"。

记得我们两口子当年蜜月刚过，小家便烽烟四起，我想按自己的标准来改造太太，太太也决心要按她的模式来重塑先生。大家开始都以为"亲爱的"能"脱胎换骨"，最后才明白"死冤家"的"本性难移"。

夫妻生活的主要内容不是"改造"，要想"改造"就应该进"学习班"，何必组成一男一女的家庭？组成家庭就是要在同一屋檐下，男女相互欣赏、抚摸、体贴和关爱——

大家一周"996"劳累之后，夜里小两口在床上无话不谈，相互倾吐工作中的苦水，"控诉"各自老板如何抠门，演绎小报上明星们分分合合的八卦，你给我一点解决困难的锦囊妙计，我给你在人事关系上"面授机宜"，你我共享生活的小确幸和小欢喜。疯疯癫癫地打情骂俏之后，紧接着上演当晚的压轴戏——"滚床单"。大家酣畅淋漓地发泄完了，下周一又精神抖擞，快快乐乐地"996"加班加点。

　　时下的都市生活，工作压力如此之大，生活节奏如此之快，两人共同面对比一人孤军奋战要好得多。

　　尤其是年轻女性有了"先生"之后，生活中受到了委屈，工作上遇到了挑战，人事上碰到了麻烦，你心里可能烦躁得抓狂，此时你可以找先生倾诉，甚至可以拿先生出气。劈头盖脸地把老公骂得一头雾水，他下意识地感到"暴风雨快要来了"，可怜的老公多半会跑出去抽烟解闷。等他散步回来躲过了"倾盆大雨"，你出完了恶气脸上也"雨过天晴"。你扪心问问自己，要是没有眼前这个闷骚老公，谁还会做你的"出气筒"呢？

　　太太年轻时也常常数落我，我这样做她看不顺眼，那样做照样惹她心烦。有一次真把我弄毛了，决心好好"收拾"她一下。我家里平常是她做饭我洗碗。这里得申明一下，我本来强烈要求由我掌勺弄饭，但她总是嫌我炒的菜不好吃，实际上是她嫌洗碗这活儿脏，炒菜和洗碗只好由她先选。一天夜晚她"声讨"的话音刚落，我便强作镇定地对她说："你啰唆起来还有没有个完？你还想不想在一起过？家里要是没有我，你自己既要做饭又要洗碗。这世上除了我这样的倒霉鬼，谁还会帮你洗这些脏兮兮油腻腻的破碗？"那次她辗转反侧一夜无眠，估计是最终想明白了：还是有人帮她洗碗好。从此以后，我们家里就天下太平了。

夫妻吵架绝大多数是鸡毛蒜皮的小事，可能是因为明天谁来扫地达不成协议，可能是由于明天吃什么菜话不投机。

吵架缘于双方不成熟，特别是丈夫不成熟，而男性往往成熟得比较晚。我一哥们说他五十多岁以前还是个"混蛋"，事实上，很多男人进火葬场前还是个"混蛋"。

男人成熟得越早，夫妻吵架就越少。

男同胞们用膝盖想一想吧，人家女孩已经和你同床共枕了，还有什么大不了的事值得争吵？即使和老婆吵赢了又算什么本事？即使分出了高下又算哪路英雄？真有本事你就到外面"大闹天宫"去！你可明白家里是你太太的地盘？

前不久，北京"爱思想网"一年轻朋友结婚，他请我给他们小两口送上新婚祝福。这里我斗胆倚老卖老，将送给他们的新婚祝词抄录如下，算是对所有已婚男同胞补上的祝福，对所有将婚男同胞预呈的"嘱咐"——

"得知某某与某某新婚大礼，特奉上微薄的贺礼和简短的贺词，祝你们这对天生佳偶百年好合！我和某某是忘年交，也是多年的文字交。某某是一位有独立思想的青年，希望小伙在今后的夫妻生活中主动放弃独立，永远听从太太的指挥，一直紧跟太太的步伐，以太太的思想为思想，以太太的喜乐为喜乐，以太太的幸福为幸福，并在心灵深处深刻地认识到：太太不仅永远是对的，而且也永远是美的。特别希望新人早生贵子，明年就有宝贝喊我'戴爷爷'！"

上帝当年造人的时候，并没有全都造成亚当哥与亚当弟，也没有全都造成夏娃姐与夏娃妹，而是亲手造了亚当和夏娃这一男一女，还暗中怂恿他们去偷吃禁果，这说明上帝其实是人类始祖的媒人。没有上帝的居中"撮合"，就没有人类的第一对夫妻。

青年朋友，"合昏尚知时，鸳鸯不独宿"，即使不结婚也应该恋爱，彻底独身既违反了人类的天性，也辜负了父母的苦心，更违背了上帝的旨意。

人世要是没有爱情，又有谁稀罕什么"良辰好景"？

人世要是没有婚姻，人类又哪来的新生？

人世要是没有新生，人类又哪有未来？

人类要是没有未来，我们干吗要"996"地拼命？

2019年6月27日初稿

2019年6月29日定稿

封城疯语

——解闷良方

在微信上，在电话里，这几天不断听到很多武汉朋友抱怨腰酸腿疼，尤其是年轻朋友不断喊"烦""烦""烦"。封闭在家里的时间过长，任何人都会觉得烦躁难耐，那些平时喜欢在外面疯的家伙，更觉得自己快要被关"疯"了。

昨天我楼下的一个小朋友，看到爸爸报名做志愿者，他也非要报名不可，一下午都缠着奶奶大吵大闹。奶奶哄孙子说："苗苗，你自己穿衣吃饭，都是我给你做志愿者，你当志愿者能干啥呀？"孙子理直气壮地说："奶奶，我要当志愿者，我也有个志愿。"奶奶摸着孙子的头说："我们苗苗真了不起，说说你有啥子志愿？"苗苗神秘地在奶奶耳边说："奶奶，我要是当了志愿者，就能像爸爸那样在外面到处玩。"听着苗苗奶奶讲她孙子的笑话，我真的都要笑到肚子疼："明明是自己想出去玩，还要找一个冠冕堂皇的理由，戴一顶金光闪闪的高帽。你这狗崽子，用不着进大学里培养，天生就是个'精致的利己主义者'！"

言归正传，我们可不能像邻居那个小崽子，天天变着法想到外面去玩。我想劝慰一下武汉的同城朋友，配合市政府的工作，听从市政府的建议，静静地待在家里自我隔离。待在家里还是最为安全，冠状病毒即使再流氓，难道它还敢破门而入不成？既不去感染别人，又不被别人感染，一直待到武汉连续半个月的零感染。对于我们这些普通市民来说，这大概是我们能为武汉也是为全国做出的最大贡献。

从前，每到周五的下午，一想到有两天能睡到自然醒，我立马就心花怒放；每当周日晚上，一想到第二天又要上班，我的心一下子就沉到了海底，据说这叫上班综合征。眼下，不做事就是做事，不出门就是贡献。我的个天，这种千年难遇的"美差"，竟然恰巧就让我碰到了！

这是人生的大幸呢，还是人生的大灾？

无语，无奈。

二

就季节而言，武汉快要进入"烟花三月"的阳春，就疫情来说，武汉还滞留在凄风苦雨的"严冬"。仅昨天一天武汉就新增五百多个病例，比许多兄弟省份几个月感染的总数还要多。

更让人不安的是，武汉已经"封城"一个多月了，疑似病患近来也施行了隔离，武汉人这些时日又天天待在家里，我一直纳闷，武汉为什么还有这么多新增病例？就此我问了一位相识的医生朋友，她极不耐烦地告诉我说："鬼知道！"一说完这三个字，还没等我问"鬼"的手机号和微信号，她那边的电话就急匆匆地挂了。所以，武汉市为何每天还新增这么多病例，问了医生也是白问，尽管有"鬼知道"，但我还是不知道。平时碰上烦心事我们常常骂"见鬼"，就像没事时街上到处都是出租车，一有事却到处找不到出租车，此时此刻我特别想"见鬼"，却死活又见不着鬼，真是见鬼！

三

虽然不容易见到鬼，但很容易找到书。这时对许多人来说，正是培养阅读兴趣的天赐良机。如果不是冠状病毒害人，哪家公司还会如此慷慨，让我们在家一待就是两三个月？天天关注疫情更加闹心，摊开自己喜欢的书籍，反而能让自己稍得安宁。大家平时在公交或地铁里，只是浏览手机上的短文片段，现在困居蜗居，正好可以系统地阅读经典。

这里我要顺便夸夸自己，我为人一向慷慨无私，平时抄了不少人生格言和读书方法，但这些格言和方法自己从来不用，我全都将它们原封不动地送给学生，而且从来不收学生的手续费。譬如这次疫情期间，我要求所有研究生必须阅读经典，而我自己一本经典也没有翻阅，正如我天天教育小孩要学会无私奉献一样，不过是转弯抹角地要他给我奉献。"封城"至今的这三十多天里，我读的全是一些无聊的垃圾。它们都是近些年来网购的。年轻小伙子找女友只看漂亮，我也是一看到书名诱人就下单，等快递小哥送到手上便大呼上当，哪知隔离期间它们全都派上了用场。无用之用乃为大用，看来老祖宗说的还真是管用。

之所以读这些无聊读物，一是我觉得读书应与时地相宜，只有这么无聊的书籍，才配得上这么无聊的日子；二是向我的偶像苏格拉底学习，他为了磨炼自己的耐心和毅力，特地娶了一位又丑又暴的恶妇。在眼下如此无聊的时候，要是还能读进如此无聊的书籍，以后我对"无聊"肯定就获得了"抗体"，即使待在再单调的地方，碰上再乏味的家伙，听到再恶心的报告，估计我再也不会觉得"无聊"了。

四

前天，一位女士对她闺蜜说，希望该死的疫情赶快结束，不然天天宅在家里，真的快要和老公宅出爱情来了。这可不是我编的笑话。

此时只能宅在家里，家里又只有家人相伴。平日里忙着上班挣钱，有些上夜班的夫妇，一周难得与"死鬼"交谈，甚至难得与"冤家"见面。这次两口子天天在家里大眼瞪小眼，要是从前肯定越瞪越心烦，可这次越瞪越觉得对方顺眼。在岁月静好的时候，夫妻总爱拿人家的老公老婆和自己的比，而人性又总喜欢朝上看，口上虽说"比上不足，比下有余"，但有谁真的去和乞丐比幸福？有谁真的去和弱智比聪明？人们从来都是比上不比下，结果也从来都是越比越有气。

据说冠状病毒可以通过气溶胶传人，所以隔离期间的武汉人，连自家的阳台也不敢久站，妻子看不到人家的帅哥，老公也见不着人家的仙女，脑海中挥之不去的全是冠状病毒，于是，不知不觉便产生了一种强烈的幸福感！俗话说，"人比人，气死人"，如今应当改为，"人比毒，爱死人"。

过去很多老公都患"妻管严"，爷们老是怀疑自家娘们是母夜叉投胎转世，如今他们常常在心里暗喜："不知是哪辈子修来的福气，我老婆可比冠状病毒温柔多了！"

老婆更不消说，一想到冠状病毒就害怕，一害怕就要老公过来陪她，"妈呀！怎么没早发现，我老公原来还是个'高富帅'！一不小心找到这么好的老公，老娘我这辈子捡了个大便宜"。

武汉两口子今天这种美妙的情感体验，南宋著名词人辛弃疾，几百年前早就为我们把词儿备好了："我见青山多妩媚，料青山见我应如是。情与貌，略相似。"

总之，人闲，书香，情浓，武汉人谁还在乎什么冠状病毒！

再请大家熟悉的那位武汉嫂子，来一段比热干面还要正宗的"汉骂"，让流氓病毒领教一下我大武汉的厉害："冠状病毒……，滚！"

2020年3月10日于武昌

喜感

一、仁智

几个月前听范军兄说，明年恰好是熊铁基先生的米寿，他的弟子们正张罗给他出一本纪念文集。范兄顺便也向我为文集约稿，我当即便一口应承了下来。

孔子说，"智者乐，仁者寿"。熊先生"仁"而又"智"，所以他老人家"乐"而且"寿"。这对他个人和家庭来说是喜事，对华师乃至学术界来说是幸事，对于我们这些后学来说是乐事——看到"不知老之将至"的熊先生，我们这些晚辈谁敢言老？看到"老而好学"的熊先生，我们这些晚辈谁敢懈怠？看到成天"乐以忘忧"的熊先生，我们这些晚辈还哪有烦忧？

因而，给熊先生为文祝寿，于我是一种义务，也是一份快乐。

其实，从传统意义上讲，我与熊先生之间并非师生关系。熊先生是历史系的名教授，我读书和教书都在中文系。尽管华师历史系和中文系相隔咫尺，两系分别在一、二号楼，尽管人们常说"文史不分家"，历史系讲《左传》《史记》《汉书》，中文系也讲《左传》《史记》《汉书》，可我们两系基本上是"河水不犯井水"。熊先生早已著作等身，他的学术盛誉也早已闻名遐迩，无奈自己是根不可雕的朽木，我从没有跨系去听熊先生讲课，私下又不曾向熊先生请益，他的大著也只读过《秦汉新道家》《秦汉军事制度史》两种。

不过，从这些年来的学术江湖看，我觉得"师生之谊"应当论心不论迹。有些人论迹是师生，论心他们又是"路人"甚至"敌人"。先生糟蹋自己的学生，学生举报自己的先生，这种事情已经不算什么新闻。我与熊先生之间，虽无师生之迹，却有师生之情。虽然我们在一起很少谈学问，多半是嘻嘻哈哈地开玩笑，但我打心眼里尊他为师。

之所以尊他为师，当然是因为熊先生的道德文章；之所以常和他开玩笑，是因为他没有派而有趣，尤其是他特别有"喜感"。熊先生的道德文章，他的朋友和学生已经谈得很多，在今天这个特别喜庆的场合，我要来和大家聊聊熊铁基先生的"喜感"。

二、和乐

眼下，有些名流学问不大但派头不小，不是官员却又满口官腔。要是不幸碰上这种人，年长于己的我便敬而远之，同辈人那更避之唯恐不及。发声作意处处"端着"的"大师"，往往是用傲慢来掩饰心虚，他们酷似柳宗元笔下的"黔之驴"，看上去"庞然大物"，叫起来让人"大骇"。

熊先生为人不立崖岸，也没有"夫子之墙数仞"，让人"不得其门而入"。这一半来自他和乐的天性，一半来自他对自己学术成就的自信。和乐的人不会"端着"，有底气的人不用"端着"。

我拜识熊先生的时候，熊先生已步入老年。他在我脑中定格的印象，就是一个又矮又瘦又敏捷又搞笑的老顽童。一开口两眼就眯成一条缝，一发急尖下巴马上就上扬，再加上那满脸皱纹，那满头白发，我一见到他就特别想笑。从来没有见过他吵架，估计他吵架也会像上演喜剧。

的确，华中师大就是熊先生的舞台，他在这儿演出的许多喜剧让人捧腹。

三、查岗

年龄稍长一点的华师人，大多能绘声绘色地讲述许多熊铁基先生的"八卦"，有些八卦比春晚的喜剧小品要精彩得多——

熊先生在华师读书教书七十年，他开始在华师任教的时候，当今校一级的这些头头脑脑都还没有出生。从科研处到后勤处，从党办到校办，从处长到科员，桂子山上谁人不识熊先生？

十几年前，每当早晨八点上班的时候，熊先生常常出现在我校行政楼的大门口，两眼紧紧地盯着出出进进的人群。要是以为他是在找什么要人，或是在恭候头儿们签字盖章，或是要央求人家给他"行个方便"，那你就错得离谱了。相反，他不是求头儿们给自己帮忙，而是盘查头儿们上班是否迟到。说白了，他不是要恳求他们，而是来监督他们。

怕堵在行政楼门口会有"漏网之鱼"，半小时后他又到各科室查看。新来的办事员以为是老教授有事，连忙问"老师有需要帮忙的吗"。每当遇到这种情况，熊先生总是斩钉截铁地说："没事，只是来看看你们哪些人迟到，哪些人旷工。"新手不明就里，一听到这样的回答，还以为来了领导视察，马上一脸的毕恭毕敬。

第一次听到这条八卦，连我这个局外人也快要惊掉下巴。

大清早的，一个平头教师跑到行政楼门口"查岗"，接着还要去每个科室"清人"，既非义务，也非职责，又无权力，更无报酬，你说这属于哪种"国际共产主义精神"？

熊先生这一"英雄壮举"，简直就是电影中的"无厘头"，我越琢磨越觉得滑稽。

觉得像"无厘头"的，圈内人大概"英雄所见略同"。去年饭桌上聊起这件八卦时，大家都笑得前仰后合。有位武汉兄弟院校的老兄困惑地问道："熊先生这是为哪般呢？"

是呵，"熊先生这是为哪般呢"？估计大家也为此纳闷。

于是，就出现了各种各样的猜测：有的认为熊先生起个大早，为的是去行政楼看美女，"查岗""清人"不过是个借口；有的认为可能是熊老师太寂寞孤独，大清早到行政楼找人聊天；有的认为是熊老师平时受了行政楼的窝囊气，"查岗"不过是借机发泄怨气；有的认为熊老师清早到行政楼"查岗"，是对大学行政化的一种调侃和反讽，他是今天中国大学里的堂吉诃德。

这四种猜测哪一种更为靠谱呢？首先，武汉人谁不知道"爱在华师"，桂子山上处处都是美丽的风景，还用得着跑到行政楼里去偷看美人？更何况，成天要为复杂的人事关系劳神，要为堆积如山的表格烦心，行政楼里再美的美人也花容憔悴。其次，熊先生每天坐拥书城不亦乐乎，天天都能尚友古代哲人，"太寂寞孤独"又何从谈起？退一万步讲，即使真的"太寂寞孤独"，哪会撇开自己学界的朋友和身边的弟子，偏要去找那些老谋深算的头头聊天？到底是熊先生神经还是猜测者神经？再次，"熊老师平时受了行政楼的窝囊气"？这像是华师人说的话吗？其他很多老师可能在那座楼里受够了窝囊气，但谁有狗胆敢让熊铁基先生受气？最后一种猜测的对错，暂时我还无从妄下结论，毕竟本人目前还是大学里的"在职教师"。

那么，到底"熊先生这是为哪般呢"？

谜底锁在上帝的柜里，烂在熊先生的肚里。

四、球艺

翻过他在行政楼"查岗"这一页，我们再来看看熊先生打乒乓球的"精彩片段"。

每天下午大约五点光景，熊先生就准时放下书本，换一身运动员行头，操起乒乓球直拍，蹦蹦跳跳地来到乒乓球室。

他随便到哪个乒乓球室，立马就会给那个乒乓球室带来喜气。轮到他本人上场之前，他通常要向大家宣告自己前一天的战况。你不难想象，他的战况和我们的新闻差不多，基本上全都是"好消息"。如果不到实地观摩他打球，仅听他描绘自己的"辉煌战绩"，你八成会认为他是刘国梁和孔令辉的队友。

桂子山上打乒乓球高手如云，且不说体育系教乒乓球的教授，学乒乓球的专业研究生，且不说前国家乒乓球队的退伍队员，单是教师队伍和学生中就藏龙卧虎，许多人从小便受到正规的乒乓球训练，从那一招一式就能看出他们的专业水准：或大力扣杀又凶又狠，或滑板快攻刁钻古怪，或加转弧圈无法招架，或正手快点防不胜防……

特别难得的是，熊铁基先生在桂子山上打乒乓球，几十年如一日地坚持推挡打法。你重扣他是推挡，你侧旋他是推挡，你快攻他是推挡，你高抛他是推挡，你削球搓球旋球短球高球他还是推挡，他始终如一地以不变应万变——全用推挡来接招。

当然，熊先生偶尔也来一下扣杀，扣起来的样子也十分吓人，虽是八十多岁的高龄，但弹跳力仍不减当年，只可惜大多情况下球都没扣到对方台面上去，结果扣杀的是他自己，被"杀"的也是他自己，所以他的扣杀就是"自杀"，难怪他慎用扣杀这一狠招。

熊先生打乒乓球最大的特点是短平快——对抗时间短，结束比赛快。另一大特点是，熊先生的心理素质特好，打球的成绩都特别稳定，和每个高手比赛都能稳拿第二名。哪怕与国手刘国梁过招，我敢保证，他肯定也会稳夺亚军。正因为这样，熊先生喜欢到处赶场子，所有比赛他都乐意参加，越是高手他越是来劲，反正他和谁打成绩都是一样，和高手更是没有心理负担——输给了低能儿还多少有点难堪，输给了高手并不丢脸，因而和高手对阵反而更能超常发挥。没准哪一天他沮丧地对我们说："昨天发挥失常，输给了刘国梁。"

熊先生打乒乓球最大的优点，在于它极具观赏价值。每次看到他老人家发球，不知怎的，我便想起了山上抢食物的猴子。他推球挡球扣球的动作都十分夸张，特别是他发球的姿势，比我的普通话还有"个性"。

要是看过熊先生打乒乓球，我保证你再看任何杂技表演都不过瘾。要是没看过熊先生打乒乓球，那将是你今生今世最大的缺憾。

华师相关负责人对此没有经济头脑，熊铁基教授打乒乓球，场场都是绝妙的表演赛，如果卖门票肯定场场爆满。

有人不怀好意地说，除了单调的推挡之外，熊先生打乒乓球便没有别的招数。这纯粹是对熊先生的污蔑！熊先生在乒乓球场上鏖战数十年，乒乓球的十八般武艺哪样不精？人家只"用"推挡，不是只"会"推挡，与桂子山上这些虾兵小将对垒，他老人家杀鸡焉用牛刀？

从球艺和球风上讲，熊先生打球只用简单的推挡，就像陶渊明诗歌只用朴素的文字，同样都是绚烂至极而归于平淡，是极尽锤炼而归于自然。

当然，熊先生的球艺虽然高超，但与他的学术相比还不在一个档次，他的学术水平堪称国手，而他的球艺只能和我打个平手。

令人不解的是，熊先生对自己的学术向来十分低调，而对他的球艺却一向极其张扬。

熊先生对自己长短优劣的认知错位，逼得我们这些学生晚辈不知所措，不得不硬着头皮，去赞赏美人的智慧，去欣赏哲人的容颜。

五、讲习

张舜徽先生曾为熊先生的《秦汉新道家略论稿》题词说："熊君铁基，好读书，喜博涉，能为深沉之思。始治本国古代史实，多所辨证；后乃廓其封域，以及周秦两汉诸子。于《吕览》《淮南》，治之三反。持以上衡先秦百家言，时有不合，比其异同，校其趣向，始悟秦汉道家之论与先秦道家之论，相因而实不同。因揭橥'新道家'之义，扬榷古今，论说益广。每有所得，辄奔走相告，因与赏奇析疑，有朋友讲习之乐。"

熊先生"有朋友讲习之乐"，为我所耳闻目见。熊先生是桂子山上的"开心果"，他"查岗"让人乐，他打球让人乐，他讲习同样让人乐。

十几年前，我很荣幸获邀参加熊先生的论文讨论会。与会的多是他的弟子和同事，文学院只邀了我和周光庆教授。周教授是历史文化学院的女婿，他的夫人刘伟是历史系著名教授。记得学校还派了社科处处长石挺兄参加。讨论前一周我就收到了熊先生的论文，熊先生还郑重地叮嘱我"要多提意见"。我以学生晚辈的身份虔诚地读了两遍，还随文写了密密麻麻的读后感。

参加过学术研讨会的人都知道，这种会已经完全程式化了：先充分肯定论文的优点，再无关痛痒地谈一点"美中不足"。优点说得越充分，越是表明读得认真，选择性地谈谈缺点，说明发言者诚恳而有分寸。其实，这已经不算学术江湖上的世故，而是学术讨论中的"惯例"。

那次讨论会只讨论熊先生自己的一篇论文。会议一开始，我和周光庆教授全都傻眼了。他的弟子们对老师的论文火力全开，论文讨论会开成了论文批判会。其中有一位他的弟子，对老师论文的论旨、论据和论证，通通都批得"体无完肤"，把该文说得一无是处。

轮到我发言时，说实话当时头脑有点晕。会上没有一个人说论文的好话，弄得我也不敢说文章的优点，我怕熊先生和与会者说我敷衍。

"批斗"结束后，熊先生做总结发言，他一开口就笑着说："这篇文章我写了几个月，难道就没有一处亮点？"

他的弟子马上就接过了话头："老师是叫我们来提意见的。亮点您自己也看得到，还用得着我们来指点？缺点都藏在暗处，我们不提出来，怕老师自己看不清。"

现场的气氛特别融洽轻松，这才是真正的学术讨论会。

这次讨论会让我体悟到，教育学生有两种办法：有时老师用自己的杰作，告诉学生要怎样写论文；有时老师用自己的"劣作"，告诉学生不能这样写论文。

要做到这一点，关键在于老师要有足够的坦荡和自信，既给学生亮出自己的优点，也给学生袒露自己的弱点。

在任何一种意义上，熊先生都是优秀的学者，也是优秀的教育家。

讨论会结束时，熊先生开心地问道：大家学会了要怎样写论文吗？有一位仁兄大声回答说：老师，今天我明白了不能怎样写论文。

我们都笑得抽筋。

熊先生富于浓烈的喜感，这种喜感来于他的幽默，他的幽默来于他的自嘲，而他的自嘲来于他的自信。不自信的人，不会有幽默，不会有喜感。不自信的人只知道嘲笑别人，只嘲笑别人那不叫幽默，那叫贫嘴，那叫尖酸刻薄。

最深刻的幽默，最欢乐的喜感，就是自嘲——这正是熊铁基先生的拿手好戏。

近年来我写了点古典文献学的论文，在历史文化学院的迎新会上，熊先生夸奖我的文章"写得好"。熊先生像苏轼一样，"于人一句之善，即极口称美不置"。他只读过我两篇文章，便"到处逢人说项斯"。由此我不只看到了熊先生身上的喜感，还感受到了熊先生的宽厚温暖。

熊先生身上这种特有的喜感，这种珍贵的温暖，给人间带来了许许多多的欢乐和笑声，使沉重的劳作变得轻松，让乏味的生活充满乐趣。

这里，不妨套用白居易的诗句，"天意君须会，人间要笑星"。衷心祝愿熊铁基先生健康长寿！

熊先生听到了吗？您的弟子们约定要给您做白寿和茶寿哩，到那天我还来给您写祝寿文。

2020年11月24日

初稿于华中师大

棍打恶狗

　　那是在上小学二年级的时候，一天下午放学回家的路上，一条恶狗冷不防朝我迎面冲来。

　　一看到它那副凶相，我立马拔腿就跑。我跑得越快，狗追得越急。眼看快要被追上了，我的双腿开始发软。

　　当时已经无力再逃，而且也无处可逃，我被逼得只好与狗"背水一战"。我迅速蹲下去捡起一块石头，正在追我的恶狗猛地一惊，接下来就是汪汪汪地叫个不停。我从惊魂不定转为十分镇定，右手又顺便抄起旁边的短棍。

　　一见大事不妙，它好像也懂得"走为上计"，这下轮到了恶狗撒腿就跑。

　　看着恶狗那熊样，我觉得又好气又好笑。我轻蔑地望着它灰溜溜地逃走，一点也打不起追狗的兴趣，转过身来便继续赶路。

　　这次经历让我明白，恶狗虽然凶狠其表，狂吠其声，其实柔媚其骨，怯懦其心，因而只敢也只能欺软怕硬——

你退避，它就追逐；

你害怕，它就撕咬；

你蔑视，它就恐惧；

你迎战，它就逃跑。

走上社会以后，我发现坏人和恶狗一模一样，你客客气气地把他当人，他肯定要骑到你的头上；你一脸鄙夷地把他当狗，他在你面前就自惭形秽。

尊重、友善、谦让、自省、理性，这些美德用来对人管用，用来对狗必定会起反作用。

不信？

你试试看！

2020年3月15日晚

我的个天

产品经理 | 汪超毅　　装帧设计 | 肖　雯

营销经理 | 李　洋　　执行印制 | 梁拥军

　　　　　 戴亚伶　　产品总监 | 贺彦军

技术编辑 | 顾逸飞　　出 品 人 | 吴　畏

图书在版编目（CIP）数据

我的个天 / 戴建业著. -- 上海：上海文艺出版社, 2021
ISBN 978-7-5321-7926-8

Ⅰ. ①我… Ⅱ. ①戴… Ⅲ. ①随笔－作品集－中国－当代
Ⅳ. ①I267.1

中国版本图书馆CIP数据核字(2021)第038236号

出 版 人：毕　胜
责任编辑：崔　莉
特约编辑：汪超毅
封面设计：肖　雯

书　　名：我的个天
作　　者：戴建业
出　　版：上海世纪出版集团　上海文艺出版社
地　　址：上海市绍兴路 7 号　200020
发　　行：果麦文化传媒股份有限公司
印　　刷：河北鹏润印刷有限公司
开　　本：660mm×960mm　1/16
印　　张：17.5
字　　数：165 千字
印　　次：2021 年 3 月第 1 版　2021 年 3 月第 1 次印刷
印　　数：1—35,000
ＩＳＢＮ：978-7-5321-7926-8 / Ⅰ·6285
定　　价：59.80 元

如发现印装质量问题，影响阅读，请联系021—64386496调换。